書下ろし

にせ契《ちぎ》り

素浪人稼業②

藤井邦夫

祥伝社文庫

目次

第一話　不義密通

一

神田《かんだ》明神下《みようじんした》の口入屋『萬屋《よろずや》』の店内は、午後の日差しを背に受けて薄暗かった。

「そうか、もう大した仕事は残っちゃあいないか……」

矢吹平八郎《やぶきへいはちろう》は肩を落とした。

「平八郎さん、今、何刻《なんどき》だと思っているんですか」

主《あるじ》の万吉《まんきち》は、呆《あき》れながら帳簿を捲《めく》っていた。

「う、うん……」

既《すで》に未《ひつじ》の刻八つ（午後二時）は過ぎている。口入屋に割りの良い仕事が残っている筈《はず》はない。

昨夜、平八郎は剣術道場『撃剣館《げきけんかん》』の仲間とありがねをはたいて楽しく酒を飲んだ。そして今、やっとの思いで起きて来たのだ。

平八郎は、万吉の出してくれた出涸《でが》らしを飲み、店の外に眼をやった。

店の外には日差しが溢《あふ》れ、往来は真《ま》っ白に輝いていた。

平八郎は眼が眩《くら》んだ。

眼が眩んだのは、まぶしいからだけではなかった。微《かす》かな二日酔いと、朝からなにも食べていないせいもあった。

「ああ……」

平八郎は、思わず吐息を洩《も》らし、頭を抱えた。

もう今日は長屋に帰り、水を飲んで寝るしかない……。

平八郎は覚悟を決めた。

「平八郎さん、気になる仕事があるんだけど、やってみるかい」

万吉の声に、平八郎は縋《すが》る思いで振り向いた。暗がりの中に、万吉の苦笑した顔があった。

「幾《いく》らだ」

平八郎は仕事の内容より、給金が幾らか尋ねた。

「一日、二朱です」

「二朱……」

八分の一両だ。八日働けば、一両の給金になる。決して悪い日当ではない。

「ええ……」

「で、どんな仕事だ」

「詳しい事は、委細面談だそうです」

「委細面談……」

「ええ。雇いたいのは、口が堅くて真っ正直な男。それだけでしてね。日にちと仕事の内容は、雇い主がじかに話すそうですよ」

妙な雇い方といえる。

平八郎は首を捻《ひね》った。

「幾らお給金が良くても、どんな事を何日やるのかも分からない仕事。あまり他人様《ひとさま》には、勧《すす》められませんでしてね」

平八郎は思わず頷《うなず》き、苦笑した。万吉は他人様には勧められないと云いながら、平八郎に声を掛けているのだ。だが、今の平八郎に、仕事を選《え》り好みしている余裕はなかった。


口入屋『萬屋』のある神田明神下通りの隣りに、将軍家が上野寛永寺《うえのかんえいじ》に参詣する時に利用する御成街道《おなりかいどう》がある。

平八郎は、御成街道を横切って下谷練塀小路《したやねりべいこうじ》に出た。

下谷練塀小路は、土と瓦で造られた〝練塀〟が連なっている武家屋敷街であり、小旗本や御家人が住んでいた。

平八郎は下谷練塀小路を北に進み、中御徒町《なかおかち》に入った。そして、一乗院《いちじょういん》横の御家人の屋敷の前に立った。

屋敷は二百坪程の敷地にあり、練塀の向こうに見える植木は余り手入れされていなかった。

一日二朱の給金で委細面談での雇い主は、屋敷の敷地から見ておそらく百石以下の御家人だった。

「御免……」

平八郎は木戸門を潜《くぐ》って玄関に進み、屋敷内に声を掛けた。

「はい……」

三十歳前後の奥方らしき女が現れ、上り口に跪《ひざまず》いた。

「どちらさまでございましょう」

女は平八郎を見上げた。

美形だ……。

そして、平八郎を見上げる眼差しは、微かに潤《うる》んでいた。

平八郎は、思わずうろたえた。

「あの……」

女は微笑《ほほえ》み、返事を促《うなが》した。

平八郎は慌《あわ》てた。

「神田の萬屋から来た者ですが、ご主人はおいでになりますか」

「おお、来たか……」

四十歳半ばと思える主が、声と共に奥からあたふたと出て来た。狭い屋敷に取次ぎは無用だった。そして、あたふたと出て来た四十歳半ばと思われる主が、委細面談の雇い主のようだ。

「待ちかねたぞ。さあ、行きましょう」

主は慌ただしく玄関に降り、草履《ぞうり》を履《は》いた。

「旦那さま……」

女が戸惑いを浮かべた。

「おお、美代《みよ》。こちらの御仁とちょいと出掛けてくる」

「は、はい。いってらっしゃいませ」

美代と呼ばれた女は、戸惑いを浮かべたまま頭を下げた。

「さ、参ろう」

主は平八郎の背を押し、忙《せわ》しく木戸門を出た。

委細面談の雇い主は田崎惣兵衛《たざきそうべえ》、六十俵取りの御家人だった。

田崎は、平八郎を下谷広小路の蕎麦屋《そばや》に誘った。

小柄で貧相な身体《からだ》の田崎は、顎《あご》をあげて胸を張り、爪先で歩いた。

見栄《みえ》を張る男……。

平八郎はそう睨《にら》んだ。

田崎と平八郎は、衝立で仕切られた座に落ち着いた。

「いらっしゃい……」

無愛想な蕎麦屋の親父が、出涸らしの茶を差し出した。

「ここは盛り蕎麦が名物でな。盛りを二枚だ。いや、先《ま》ずは酒だな。うん、銚子を一本頼む」

田崎は迷いながら頼んだ。

蕎麦屋の親父は、小さく呟《つぶや》いて板場に向かった。

「うちに名物なんてねえや……」

平八郎にはそう聞こえた。

「それでお主……」

田崎は、蕎麦屋の親父の言葉を無視した。

「矢吹平八郎です」

「矢吹平八郎どのか……」

「口は堅くて正直者なのだろうな」

田崎は、疑いの眼を向けた。

「まあ、自分じゃあそう思っています」

自分は口が軽くて不真面目だと云う者は、滅多《めった》にいないだろう。

平八郎は、少なからず呆れた。

「うむ。それなら良い」

田崎は満足気に頷《うなず》いた。

「で、仕事とは……」

「それなのだが、美形だろう」

「えっ……」

田崎の場違いな言葉に、平八郎は戸惑った。

「奥だ」

「奥……」

「美代だ」

美代……。

田崎の妻だ。

平八郎は、美代の潤んだ眼を思い出した。

「はあ……」

「そうだろう。良い女だろう。とても四十五歳には見えぬだろう」

「四十五……」

平八郎は驚いた。

美代は三十歳前後にしか見えない女であり、とても四十五歳とは思えなかった。

平八郎の驚きは、感心に変わった。

「田崎さまは……」

「儂《わし》か、儂は四十一歳だ……」

「四十一……」

田崎を四十半ばと思っていた平八郎は、また驚いた。

「死んだ親同士が決めた縁談でな。美代は四歳年上だ」

田崎は、憮然《ぶぜん》とした面持ちで告げた。

「はあ……」

若いのに老《ふ》けて見える夫と、歳よりもずっと若く見える妻。

平八郎は、密かに吐息を洩らした。

蕎麦屋の親父が、銚子と猪口《ちょこ》を持って来た。

「おう、来たか……」

田崎は平八郎に猪口を勧め、銚子の酒を六分目ほど注いだ。そして、手酌で自分の猪口を満たした。

「それで仕事とは……」

平八郎は、猪口の酒を飲み干し、銚子に手を伸ばした。一瞬早く田崎が銚子を取り、平八郎の猪口に酒を注いだ。やはり六分目だった。

「実はな。妻の美代が、明日から三日間、実家の法事に出掛ける」

「はあ……」

「それで、実家で何をするのか見届けて欲しいのだ」

「何をするかって法事なら……」

「そのような事は云われずとも分かっておる。儂が知りたいのは、美代が法事の他に何をするかだ」

田崎は、妻の素行《そこう》を知りたがっているのだ。

「御妻女、法事の他に何をしそうなのですか」

平八郎は首を捻った。

「そいつが分かれば、一日二朱も払ってお主に頼みはせぬ」

田崎は酒を飲み干し、手酌で猪口を満たした。

「そりゃあそうですが、見当ぐらいは……」

平八郎は食い下がった。

「男だ……」

田崎は、妻の不義密通を心配していた。

「不義ですか……」

平八郎は、委細面談の理由を知った。

貧相で見栄っ張りで老けて見える夫と、歳よりも十歳も若く見える美形の妻……。

夫婦の間に何があっても不思議はない。

平八郎は、妙に納得出来た。

「お主、今頷いたな……」

田崎は不愉快そうな眼を向けた。

「ええ。何といっても、正直が取り得なものでして。親父、酒を湯呑茶碗で頼む」

平八郎は酒を注文した。

「お、おい……」

田崎は慌てた。

「給金から引いて下さい」

平八郎は開き直り、胡坐《あぐら》をかいた。

「それで、御妻女が不義を働いている証、何かあるのですか」

「証などない。ないが……」

調べて欲しい……。

それは、老けて見える夫の若く見える美しい妻への疑惑であり、心配なのだ。

「ならば、御妻女が不義を働いているかどうか、確かめれば良いのですね」

一日二朱で三日間。給金は〆《しめ》て六朱であり、一分と二朱になる。

平八郎は、仕事を引き受け、半額の三朱を前金として貰《もら》った。そして、三日間の費用として、粘りに粘って一朱を出させた。

田崎惣兵衛の妻美代の実家は、内藤新宿《ないとうしんじゅく》にあった。

平八郎は、田崎の屋敷の木戸門が見通せる処《ところ》に潜み、美代の出掛けるのを待った。

見張りを始めて半刻（一時間）が過ぎ、巳《み》の刻四つ（午前十時）になった。

田崎家の木戸門が開き、美代が風呂敷包みを抱えて現れた。

平八郎は物陰で見守った。

美代は、田崎家を振り返りもせずに歩き出した。不安そうな顔をした田崎が、木戸の陰から見送った。

練塀小路に出た美代は、神田川に向かった。

実家に行く……。

平八郎は、尾行を開始した。

美代の足取りは軽く、その顔は晴れやかに輝いていた。

久し振りの実家なのだ。

平八郎は、美代を追った。

練塀小路を進んだ美代は、神田相生《あいおい》町の手前を右手に曲がって明神下の通りに出た。明神下の通りは神田川に続いている。

美代は、神田川と外堀沿いを四《よ》ツ谷《や》御門に行くつもりなのだ。

平八郎の読みの通り、神田川に出た美代は西に向かった。

美代の足取りが変わった。

後れ毛を風に揺らし、辺りの景色を楽しむ足取りになった。

川風が吹き抜け、甘い香りが平八郎の鼻先を過《よぎ》った。

美代の香り……。

平八郎は、何故かそう思った。


小石川《こいしかわ》御門、牛込《うしごめ》御門、市《いち》ケ谷《や》御門、そして四ツ谷御門……。

美代は、神田川から外堀沿いに進んだ。

平八郎は、尾行を続けた。

美代は田崎家に嫁いだ一年後、男の子を産んだ。だが、男の子は、幼くして流行《はや》り病《やまい》で亡くなった。その後、美代に子は出来なかった。

田崎家は僅《わず》か六十俵の小普請組《こぶしんぐみ》とはいえ、武家に違いない。家督を継ぐ者がいなければ取り潰《つぶ》される。


四ツ谷御門が架かる外堀には、小波《さざなみ》が走っていた。

美代は、四ツ谷御門前の茶店に立ち寄り、縁台に腰掛けて茶を頼んだ。

吹き抜ける風は、久し振りに遠出をした身体《からだ》を優《やさ》しく包んでくれた。

懐かしさが蘇った。

四ツ谷御門前麴町《こうじ》町の通りを西に進み、四ツ谷大木戸を潜ると内藤新宿になる。そして尚も進み、左手に流れる玉川《たまがわ》上水を越えると武家屋敷街がある。その一角に、美代の実家である吉沢《よしざわ》家があった。

美代は茶を飲み終え、愉しげな足取りで四ツ谷大木戸に向かった。

午後の日差しは、西に傾き始めていた。

四ツ谷大木戸を潜った美代は、玉川上水に架かる小橋を渡って武家屋敷街に入った。

吉沢家は百石取りの御家人であり、当主の純一郎《じゅんいちろう》は美代の弟だった。

美代の亡き母の法事は、明日菩提《ぼだい》寺《じ》で行われる。

美代は、吉沢家の木戸門を潜った。

「まあ、お嬢さま……」

庭の掃除をしていた下女の老婆が、美代に縋《すが》り付いた。

「息災にしていましたか、おたみ……」

美代は、下女のおたみの背中を優しく撫《な》ぜ、微笑み掛けた。

「お蔭さまで……」

おたみは鼻水を啜《すす》った。

おそらくおたみは、美代が子供の頃からいる奉公人なのだ。

「腰や膝《ひざ》はどうなの」

「もう歳ですから……」

おたみは、溢れる涙を拭《ぬぐ》った。

「純一郎さんは……」

「今日はお嬢さまがお見えになるからと、起きていらっしゃいます。ささ……」

美代はおたみに手を取られ、屋敷に入っていった。

尾行は何事もなく終わった。だが、一日二朱の給金の仕事が終わった訳ではない。

美代が、法事以外に何をするのか見届けるのが仕事なのだ。平八郎は、玉川上水に架かる小橋に戻り、古い一膳飯屋の縄暖簾《なわのれん》を潜った。

吉沢家から往来に出るには、小橋を渡って一膳飯屋の前を通らなければならない。

平八郎は飯を頼み、格子窓から玉川上水と武家屋敷街を眺めた。

吉沢家には、主の純一郎と親の代からの奉公人のおたみとその夫である下男の利平《りへい》が暮らしていた。

純一郎は三十歳を過ぎていたが、幼い頃から病弱で未《いま》だに独り身だった。

「純一郎さん、御無沙汰《ごぶさた》を致しました……」

美代は座敷に入り、純一郎に微笑み掛けた。

「これは姉上。わざわざのお越し、いたみ入ります」

純一郎は姿勢を正した。病に痩《や》せた身体が、微かに揺《ゆ》れた。

「さあ、御挨拶《あいさつ》はこれまで、横におなりなさい」

「いえ。大丈夫です。姉上と久し振りに逢えたのに寝てなどいられません」

純一郎は、頬のこけた顔に笑みを浮かべた。

照れたような笑みだった。

子供の時と同じ笑顔だ……。

十四歳年下の弟純一郎は、美代にとって可愛い存在だった。

赤ん坊の純一郎のおしめを替え、食事を食べさせ、子守をした事などが懐かしく思い出された。

客は平八郎だけの古い一膳飯屋は、格子窓から差し込む夕陽に赤く染まっていた。

飯は美味《うま》かった。

平八郎は食事を終え、出涸らしの茶を飲み干した。

「父《と》っつぁん、茶をもう一杯くれ」

平八郎は、板場にいた店の亭主に頼んだ。

年老いた亭主は、土瓶を持って来て平八郎の湯呑に茶を注いだ。

「飯、美味かったよ」

「そりゃあ良かった。お侍、初めて見る顔だな」

老亭主は、歯の抜けた口元を綻《ほころ》ばせた。

「ああ。父っつぁん、この辺りに泊まれる処《ところ》はないかな」

「表通りに出れば、いろいろあるさ」

宿場町でもある内藤新宿には、旅籠《はたご》や女郎屋などがあった。

「いや。玉川上水が見える処がいいな」

平八郎は、格子窓の外に見える玉川上水と武家屋敷街に視線を送った。

「訳ありかい」

老亭主は、平八郎の視線を追った。

「まあね……」

平八郎は苦笑した。

「良かったら、うちの納屋《なや》に泊まりな」

一膳飯屋の納屋は玉川上水の横にあり、見張り場所に丁度良かった。

「そいつはありがたい。私は矢吹平八郎だ」

「儂は父っつぁんだ」

老亭主は、歯のない口を開けて笑った。

二

玉川上水の流れは、月明かりに煌《きら》めいていた。

平八郎は、一膳飯屋の納屋の窓から吉沢家を眺めていた。

吉沢家はひっそりと静まっていた。

美代は出掛けもせず、誰かが訪れる事もなかった。

おそらくこのまま何事もなく、夜は過ぎて行くのだろう……。

田崎惣兵衛の懸念は、無用な事なのかもしれない。いずれにしろ楽な仕事だ。

平八郎は、一膳飯屋に酒を飲みに行った。

行燈《あんどん》の明かりは、蒲団《ふとん》に横たわる純一郎の顔を仄《ほの》かに照らしていた。

「純一郎さん……」

襖《ふすま》の向こうから美代が呼んだ。

「はい……」

純一郎は瞑《つぶ》っていた眼を開けた。

寝巻き姿の美代が、煎《せん》じ薬の入った土瓶を持って入って来た。

「煎じ薬をお持ちしましたよ」

「申し訳ありません」

純一郎は半身を起こした。

美代は、湯呑茶碗に煎じ薬を注ぎ、純一郎に差し出した。

煎じ薬は滋養をつけるためのものだった。

純一郎は、煎じ薬を飲み干した。

「さあ、おやすみなさい」

美代は純一郎を寝かせ、子供の頃のように蒲団を掛けてやった。

「姉上……」

純一郎は、蒲団を掛けてくれた美代の手を握った。

「眠れないのですか……」

美代は、純一郎の手をそっと握り返した。

「ええ……」

純一郎の声が掠《かす》れた。

美代は、まるで甘える幼子を見るように微笑んだ。

「しょうがない子ですね……」

美代は蒲団を捲り、純一郎の傍らに身を横たえた。そして、純一郎を抱き締めた。

「姉上……」

純一郎は、幼子のように美代に抱きつき、顔を胸に埋《うず》めた。

「純一郎さん……」

美代は眼を瞑り、純一郎の背を優しく撫でた。

純一郎は、美代の寝巻きの胸元を押し広げ、幼子のように乳房を吸った。

美代の身体に快感が走った。

それは、夫の田崎惣兵衛では得られない快感であり、姉と弟の子供の頃からの秘め事だった。

一膳飯屋は既に暖簾を仕舞い、竈《かまど》の火も落としていた。

平八郎は、老亭主と酒を飲み、吉沢家についてそれとなく聞いてみた。

老亭主は、古くからこの地で一膳飯屋を開いており、吉沢家についても知っていた。

「吉沢さまの亡くなった旦那は、お優しい方でしてね。ようやく貰《もら》った養子の跡継ぎは、身体が弱くて寝込んでばかり……」

「養子の跡継ぎ……」

平八郎は驚いた。

「ああ、赤ん坊の時に貰われてきてね……」

老亭主は酒を啜《すす》った。

吉沢家の現在の主、美代の弟純一郎は、養子だった。

「それでも亡くなった旦那と、奥方さまやお嬢さまは随分と可愛がり、大事に育てられたんだが……」

純一郎は身体が弱く、病がちなのは治らなかった。そして、嫁いで来る者もいなく、吉沢家に家督を継ぐ者はいなかった。

「お気の毒に吉沢さまの家もこれまでだ……」

老亭主は酒を飲み干した。

「そういえば、お嬢さまが奥方さまの法事でお帰りになったとか……」

老亭主は、平八郎を一瞥《いちべつ》した。

気が付いている……。

平八郎は、微かに動揺した。

老亭主は、平八郎が美代を追って来たのに気付いているのだ。

平八郎は、動揺を隠すように湯呑茶碗の酒を呷《あお》った。


馬の嘶《いなな》きが響いた。

平八郎は、納屋の格子窓から差し込む斜光の中で眼を覚ました。

馬の嘶きは、内藤新宿の往来から響いていた。

往来を西に尚も進むと、甲州《こうしゅう》街道と青梅《おうめ》街道の分岐点である追分《おいわけ》になる。

朝の追分は、荷物を運ぶ馬や人足、そして旅人で賑《にぎ》わっていた。

平八郎は、井戸端で顔を洗い、口を漱《すす》いだ。

玉川上水の向こうに見える吉沢家の表では、下男の利平が掃除をしていた。
巳の刻四つ。
美代と純一郎は、利平を従えて吉沢家の菩提寺に向かった。
平八郎は、一膳飯屋の老亭主に作って貰った弁当を腰に結び、美代たちを尾行した。
菩提寺の清感寺《せいかんじ》は、内藤新宿を西に進んだ柏木成子《かしわぎなるこ》丁にあった。
美代と利平は、病の純一郎を庇《かば》うように進み、清感寺を訪れた。
住職たちの読経《どきよう》が響き、母親の七回忌の法事が始まった。
参列者は子供の美代と純一郎、そして利平の三人だけの質素な法事だった。
平八郎は、本堂で行われている法事を境内《けいだい》から窺《うかが》った。
法事は何事もなく、静かに続いた。
楽な仕事だ……。
平八郎は、一膳飯屋の老亭主の作ってくれた弁当を食べた。
境内には光が溢れ、風が吹き抜け、弁当は美味かった。
法事を終えた美代と純一郎は、利平を従えて来た道を戻った。

平八郎は追った。

美代の周囲には、夫である田崎惣兵衛が心配するような気配はなかった。

心配し過ぎだ……。

平八郎には、楽な仕事である以上に退屈な仕事になって来た。

美代と純一郎は、利平と共に玉川上水に架かる小橋を渡って屋敷に入って行った。

平八郎は、一膳飯屋の表で見送った。その時、小橋に二人の男が現れ、美代たちを見送った。

平八郎は戸惑った。

二人の男は、岡っ引の伊佐吉《いさきち》と下っ引の亀吉《かめきち》だった。

二人は、明らかに美代たちを目的にして来ていた。

駒形《こまがた》の岡っ引の伊佐吉が、何の用だ……。

平八郎の戸惑いは、疑問に変わった。

「伊佐吉親分、亀吉……」

平八郎は呼び掛けた。

伊佐吉と亀吉は、驚いたように振り向いた。

「平八郎さん……」

伊佐吉が怪訝《けげん》に眉を顰《ひそ》めた。

「何をしているんだ」

「何をしているんだって、平八郎さんは……」

「俺は仕事だ」

「あっしたちもですよ」

「ま、立ち話もなんだ。こっちに来い」

平八郎は、伊佐吉と亀吉を一膳飯屋の納屋に案内した。


納屋の格子窓から、吉沢家の表が見える。

「平八郎さん……」

伊佐吉は、平八郎が吉沢家を見張っていると気付き、緊張した面持ちになった。

「親分たちも吉沢家かい……」

「ええ……」

伊佐吉は、探る眼差しを平八郎に向けて頷いた。

「俺は、母親の法事で実家の吉沢家に戻って来ている美代って女を見張っている」

「親分……」

亀吉が、困惑した面持ちで伊佐吉を見た。

「平八郎さん、そいつは誰に雇われた仕事ですか」

「亭主の田崎惣兵衛って御家人だ」

「田崎惣兵衛……」

伊佐吉は呆然《ぼうぜん》と呟《つぶや》いた。

「田崎惣兵衛、知っているのかい」

「実は田崎惣兵衛さま、今朝方、御厩《おうまや》河岸で死体で見つかりましてね」

御厩河岸は、神田川と浅草浅草寺《せんそうじ》の間、公儀の浅草御蔵の脇にあり、伊佐吉の住む駒形町にも近かった。

「田崎惣兵衛が死んだ……」

平八郎は驚いた。

「ええ。背中を何度も突き刺されて……」

伊佐吉は、眉を曇らせた。

「下手人《げしゅにん》は……」

「分かりません」

田崎惣兵衛は、何者かに背中を何度も突き刺されて惨殺された。

「それで、田崎さまの奥方さまを探して、ここまで来たって訳ですよ」

「親分、田崎さんが殺されたのは昨夜だな」

田崎惣兵衛は、妻の美代が実家に出掛けた後、練塀小路の屋敷から何処《どこ》かに行った。そしてその夜、何者かに惨殺されたのだ。

「昨夜、奥方さまは……」

「実家の吉沢家を一歩も出なかったよ」

昨夜、美代は吉沢家に入った切り、一歩も外に出てはいない。

下手人は美代ではない……。

平八郎は、先ずそう思った。そして、次にまだ貰っていない給金の半分を思い浮かべた。

「そうですか……」

「親分。平八郎の旦那が証人じゃあ、間違いありませんね」

「ああ。それじゃあ、あっしどもは奥方さまに逢って来ます」

「うん……」

平八郎は力なく頷いた。

伊佐吉は、亀吉を従えて吉沢家に向かった。

雇い主の田崎惣兵衛が死んだ限り、仕事は終わったといっていい。そして、給金の残り半分は、諦《あきら》めるしかないのだ。

骨折り損のくたびれ儲《もう》けか……。

平八郎は天を仰いだ。


伊佐吉は慎重だった。

下っ引の亀吉を残し、一人で吉沢家を訪れて美代に逢う事にした。

「それで、私にどのような御用でしょうか」

美代は式台に座り、伊佐吉に怪訝な眼差しを向けた。

「実は田崎惣兵衛さまが……」

「田崎が何か……」

「昨夜、何者かの手に掛かり……」

伊佐吉は云い淀《よど》んだ。

美代は事態を察知し、息を飲んだ。微かに喉が鳴った。

「お亡くなりになられました」

「殺されたのですか……」

「はい……」

伊佐吉は頷いた。

「田崎が殺された……」

美代は眼を見開き、呆然と呟いた。

伊佐吉は、美代の驚きに不審な点を感じなかった。


下男の利平が、辻駕籠《つじかご》を呼んできた。

美代は純一郎に別れを告げ、下谷練塀小路の田崎家に帰る事になった。

平八郎は、一膳飯屋の老亭主に厄介《やっかい》になった礼を述べた。

「いやいや……」

老亭主は、平八郎に掌《てのひら》を差し出した。

「なんだ……」

「泊まり賃に酒代、それに教え賃だよ」

老亭主は、歯のない口を開けて笑った。

平八郎は紙入れを出した。

「姉上……」

純一郎は、帰り支度をする美代の部屋を訪れた。

「純一郎さん……」

「この度は、何と申して良いやら……」

「きっと、こうなるのが田崎の運命だったのです……」

美代は、落ち着きを取り戻していた。

「はい。ですがこれで……」

純一郎は美代の手を握った。熱っぽい手だった。

美代はそっと握り返した。

「姉上……」

純一郎は眼を潤ませ、甘えるように美代を見つめた。

美代は、苦笑を浮かべた唇で素早く純一郎の口を吸った。

「姉上……」

「では、またね……」

美代は優しく微笑み、纏《まと》めた荷物を持って立ち上がった。

辻駕籠は美代を乗せ、玉川上水に架かる小橋を渡って四ツ谷大木戸に向かった。

純一郎は、利平やおたみと一緒に美代を見送った。

下っ引の亀吉が、物陰から現れて美代の乗った辻駕籠を追った。

伊佐吉は、美代に念を入れるつもりだ。

純一郎は、美代の乗った辻駕籠をいつまでも見送っていた。

平八郎は気が付いた。

純一郎の眼が、濡れたように輝いているのに気が付いた。

義兄に当たる田崎の死を悼《いた》んでの事か、それとも血の繋がらぬ姉の美代との別れが辛《つら》くて泣いているのか……。

平八郎は分からなかった。

「さあて、あっしたちも参りましょう……」

「ああ……」

平八郎は、伊佐吉と下谷に向かった。

「また、おいでなせえ……」

一膳飯屋の老亭主が、歯のない口で叫んだ。

平八郎は憮然とした。

美代は何処にも寄らず、真っ直ぐ下谷練塀小路の屋敷に戻った。

屋敷の座敷には、夫の田崎惣兵衛が変わり果てた姿で横たえられていた。

「旦那さま……」

美代は、田崎の枕元に座り込み、呆然と呟いた。そして、大粒の涙を零《こぼ》した。

六十俵取りの御家人とはいえ、田崎惣兵衛は上様御直参の御家人だ。

町奉行所の支配外であり、伊佐吉たち岡っ引の手の及ぶものではない。だが、田崎を殺《あや》めた下手人が、町方の者か浪人であれば町奉行所は放っておくわけにはいかない。

伊佐吉は亀吉を残し、平八郎を連れて駒形町の『駒形鰻』に戻った。

駒形町の鰻《うなぎ》屋『駒形鰻』は、伊佐吉で三代続く老舗《しにせ》だった。そして、三代ともお上の御用を務める岡っ引だった。

伊佐吉は、平八郎を自分の部屋に招き入れ、酒を振舞った。

美味い……。

酒は、内藤新宿から下谷練塀小路に戻った平八郎の胃の腑《ふ》に染み渡った。

「お待たせ致しました」

伊佐吉の母親で『駒形鰻』の女将《おかみ》であるおとよが、小女《こおんな》のおかよと美味そうな匂いを漂わせる蒲焼を持って来た。

「こりゃあ女将さん、美味そうだ……」

平八郎は、嬉《うれ》しげに喉を鳴らした。

「どうぞ、ごゆっくり……」

おとよは、ふくよかな身体を揺らして苦笑し、伊佐吉の部屋を出て行った。

おとよは、岡っ引だった義父が始めた『駒形鰻』の若女将となり、夫の代から女将を務めている。つまり、老舗『駒形鰻』の暖簾は、おとよによって護《まも》られて来たのだ。

平八郎と伊佐吉は、蒲焼を肴《さかな》に酒を飲んだ。

平八郎は、田崎が妻美代の不義を心配して、実家での行動を監視するように頼んできた事を告げた。

「それで……」

「何が……」

「奥方さまの不義密通ですよ」

「不義の〝ふ〟の字もない」

平八郎は、手酌で酒を猪口に満たし、飲み干した。

「間違いありませんね」

伊佐吉は念を押した。

「ああ。親分は奥方が亭主を殺めたと思っているのか」

「いえね。田崎惣兵衛さま、実は花川戸《はなかわど》に女を囲っていましてね」

「なんだと……」

平八郎は、口に含んだ酒を思わず噴出した。

「汚ねえな……」

伊佐吉は眉を顰め、手拭《てぬぐい》で顔を拭《ふ》いた。

「伊佐吉親分、田崎惣兵衛に女がいたのか」

「ええ。おそめって女でしてね。浅草広小路の飲み屋の酌婦だったんですが、田崎さまが気に入られて妾《めかけ》にしたってところですか……」

田崎惣兵衛は、妾を囲っていた。

「それを奥方さまが怒り、誰かに頼み……」

伊佐吉は、美代が人を雇って夫の田崎を殺させた可能性を考えていた。

「そいつはないと思うが……。それより親分、その妾のおそめ、美形なのか」

平八郎は、田崎が美代の美貌を自慢げに云っていたのを思い出した。その田崎が囲った妾なら、美代よりも美形なのだろう。

「それが、若いだけに身体は良さそうですが、顔はとても美形とは……」

伊佐吉は苦笑した。

「美形じゃあない……」

平八郎は予想が外れ、妙に落胆した。

田崎惣兵衛は、美しさより若い肉体を選んだのかも知れない。

「で、その妾のおそめ、どう云っているんだ」

「昨日の昼過ぎ、花川戸の家に来て、夜ちょいと人に逢って来ると云って出掛けたきり、戻らなかったと……」

「そして今朝、御厩河岸で見つかったか……」

「ええ……」

伊佐吉は酒を飲んだ。流石《さすが》に鰻は食べ慣れているのか、蒲焼は半分以上残されていた。

「妾のおそめ、田崎惣兵衛さんが殺されたのを知り、どうだった」

「そりゃあもう、手放しの大泣きですよ」

伊佐吉は、そこまで云って言葉を飲んだ。

田崎の妻の美代も確かに泣いた。だが、おそめとは違い、静かに涙を零《こぼ》しただけだった。

何となく違うような気がする……。

武家の妻女と町方の女の違いはあるだろうが、伊佐吉は何故か腑に落ちなかった。

「親分、こいつは裏に何かあるかも知れないな」

「平八郎さんもそう思いますか……」

「ああ……」

平八郎は頷き、伊佐吉の残した蒲焼に手を伸ばし、酒を飲んだ。

三

隅田《すみだ》川を吹き抜ける風は、川面に小波を走らせていた。

平八郎と伊佐吉は、浅草花川戸町のおそめの住む家に向かっていた。

平八郎は、田崎惣兵衛が囲った妾のおそめがどんな女か見たかった。

田崎を殺した下手人は、おそめの身辺に潜んでいるかもしれない。

伊佐吉は、おそめの身辺を調べる事にした。

おそめの住む家は、田崎惣兵衛が借りている。田崎が死んだ今、おそめはいずれ借家から出て行かなければならない。

おそめの住む家は裏通りにあり、黒板塀に囲まれていた。

おそめは、婆やと二人で暮らしていた。

婆やのおうめは、訪れた伊佐吉を見て僅かに緊張した。

「これは親分さん」

おうめは、僅かに見せた緊張を隠し、妙に大きな声を出した。それは、奥にいるおそめに報せるためのものだった。

何かある……。

伊佐吉は、素早く家にあがった。

「あっ、親分さん、姐《ねえ》さんは……」

おうめは狼狽《ろうばい》し、伊佐吉を止めようとした。

平八郎は、おうめを押さえた。

伊佐吉は、構わず居間に踏み込んだ。

居間には誰もいなかった。伊佐吉は次の間の襖を開けた。次の間には蒲団が敷かれ、おそめと若い男が慌てて着物を着ていた。

「そのまま、動くんじゃあねえ」

伊佐吉は、厳しく言い放った。

だが、若い男は伊佐吉の言葉を無視し、逃げようとした。

伊佐吉は、咄嗟《とっさ》に足を伸ばした。

男は足を縺《もつ》れさせ、激しい音をあげて居間に倒れ込んだ。

平八郎が、素早く若い男を押さえた。

「下手《へた》な真似をするんじゃあない」

平八郎は、若い男の腕を捩《ね》じ上げた。

男は悲鳴をあげた。

「若旦那……」

おそめは豊満な乳房を揺らし、悲鳴をあげる若い男に縋った。

「若旦那だと……」

伊佐吉は、おそめに問い質《ただ》した。

「はい。広小路にある味噌屋の若旦那の春吉《はるきち》さんです」

「間違いないのか……」

平八郎は、若い男に確かめた。

「は、はい……」

味噌屋の若旦那の春吉は、腕の痛みに涙を零しながら頷いた。

おそめは田崎に囲われていながら、味噌屋の春吉とも遊んでいたのだ。

平八郎は、春吉から離れた。

春吉は鼻水を啜《すす》り、捻り上げられた腕を撫でた。

「春吉。お前、おそめの旦那の田崎惣兵衛さまを知っているか」

伊佐吉は、春吉を睨みつけた。

「はい……」

春吉は身を縮めた。

「お前、田崎さまにおそめとの仲を知られ、争いになって殺した……」

伊佐吉は、読んでみせた。

「そんな、違います……」

春吉は愕然《がくぜん》とし、悲鳴のように叫んだ。

「いいや、そうに違いねえ。大番屋まで来て貰うぜ」

伊佐吉は冷たく笑った。

芝居をしている……。

平八郎は、苦笑しながら見守った。

「おそめ、親分さんに俺は関わりないと云っておくれ」

春吉は、泣きながらおそめに頼んだ。

「親分さん、若旦那は人を殺せるような人じゃありません。本当です。信じて下さい」

おそめは春吉を庇《かば》い、伊佐吉に縋った。

「だったらおそめ、誰だったら田崎さまを手に掛けそうだ」

「それは、遊び人の……」

おそめはそこまで云い、慌てたように口をつぐんだ。

「遊び人の誰なんだい」

伊佐吉は、構わず問い詰めた。

「親分さん……」

おそめは甘えた声を出した。

「おそめ、云わねえとお前が大番屋に来ることになるぜ」

伊佐吉に容赦はなかった。

「清次《せいじ》です」

おそめは項垂《うなだ》れた。

伊佐吉は微かな笑みを浮かべた。

平八郎は苦笑した。伊佐吉の狙い通りにおそめは落ちた。

「遊び人の清次か……」

「はい」

「その清次、家は何処だ」

「そこまでは……」

おそめは首を横に振った。

「じゃあ、どの辺りにとぐろを巻いていやがるんだ」

「浅草寺界隈《かいわい》だと聞いています」

「おそめ。お前、あの清次とも出来ていたのかい」

春吉が声を荒らげた。

「静かにしな、若旦那」

平八郎が窘《たしな》めた。

「おそめ、その清次、田崎さまを知っているんだな」

「ええ。知っています」

「よし。じゃあ平八郎さん……」

「うん」

平八郎と伊佐吉は、おそめの家を出た。

「田崎さんの他に味噌屋の若旦那と遊び人の清次か……」

平八郎は呆れた。

「あのおそめです。男は他にもいますよ」

伊佐吉は苦笑した。

「他にもいるのか……」

「きっとね……」

妾に囲われても、旦那が毎日来る訳ではない。その間に他の男と何をしようが、旦那に知られなければいい。

伊佐吉は笑った。

「節操がないというか、逞《たくま》しいというか……」

この時代、女の職業は数少ない。

水商売の他に町芸者や音曲《おんぎょく》・生花・裁縫の師匠。住み込みの女中奉公、料理屋の仲居などぐらいしかなく、妾奉公も立派な女の職業とされていた。

平八郎と伊佐吉は、浅草寺前の広小路に向かった。

浅草寺広小路は、浅草寺の参詣客で賑わっていた。

伊佐吉と平八郎は、広小路の賑わいに遊び人の清次を探し廻った。

清次は板前崩れであり、界隈でも知られた遊び人だった。やがて、清次のねぐらが分かった。

浅草傳法院《でんぼういん》裏の長屋。

伊佐吉と平八郎は、傳法院裏の長屋に急いだ。

長屋の木戸口に来た時、平八郎と伊佐吉は素早く物陰に身を潜めた。

見覚えのある老爺が、棟割長屋の一軒から出て来た。老爺は、物陰の平八郎と伊佐吉の前を通り、長屋から出て行った。

「平八郎さん……」

「ああ。利平だ……」

老爺は、美代の実家吉沢家の下男の利平だった。

「出て来た家、清次の処ですかね」

「きっとな……」

遊び人の清次と下男の利平は、何らかの関わりがあるのだ。そして、関わりは吉沢純一郎や美代にも繫がるのだろうか。

「伊佐吉親分、俺は利平を追ってみる」

「分かりました」

平八郎は利平を追った。


吉沢家の下男の利平は、浅草の東本願寺《ひがしほんがんじ》前を抜けて上野寛永寺の方向に進んだ。

その先には、中御徒町の田崎家の屋敷がある。

利平は、美代の処に行く……。

平八郎は、田崎殺しに潜んでいるかもしれない美代の役割に思いを巡らせた。

下男の利平は、睨《にら》み通りに中御徒町の田崎屋敷に向かった。

田崎家は主の弔《とむら》いを終え、静かに喪《も》に服していた。

主を失った田崎家は、本家筋の親類が養子を迎える届けを慌てて公儀に提出した。だが、公儀が末期養子を認めるかどうかは、分からない。認められなければ、田崎家は取り潰しになる。

下男の利平は、裏口から田崎屋敷に入って行った。

平八郎は見届けた。

「平八郎の旦那……」

下っ引の亀吉が、物陰から現れた。

「おう……」

「今の父っつぁん、確か……」

亀吉も利平に見覚えがあった。

「ああ。吉沢家の下男の利平だ……」

平八郎は、妾のおそめの線から遊び人の清次が浮かび、利平に繋がった事を教えた。

「じゃあ、親分一人で遊び人の野郎を……」

「ああ。それで、奥方の様子はどうだ」

「家に籠《こ》もりっ放しですよ」

「訪れる者は……」

「弔い客が、たまに来るぐらいですか……」

「よし。ここは俺が引き受けた。亀吉は伊佐吉親分の処に行け」

「いいんですかい……」

「清次が下手人かどうか、これから見張りを続けなきゃあならない。一人じゃあ大変だ」

「畏《おそ》れ入ります。じゃあ、お言葉に甘えさせていただきます」

亀吉は平八郎に会釈をし、身を翻《ひるがえ》して駆け去った。

平八郎は亀吉を見送り、田崎屋敷の様子を窺った。

田崎屋敷は静まり返っていた。

平八郎は、意を決して田崎屋敷に向かった。

田崎を初めて訪ねた時、美代とは顔を合わせている。美代は、平八郎が訪れた理由を知らない筈《はず》だし、田崎が告げたとも思えない。

平八郎は、田崎の知り合いとして焼香し、美代の様子を窺おうと考えたのだ。

平八郎は木戸門を潜り、田崎屋敷に声を掛けた。

奥から美代がその姿を現した。

美代に取り立ててやつれた様子はなく、相変わらず若々しい美貌を保っていた。

「あっ……」

美代は平八郎を覚えていたのか、小さく声をあげた。

「いつぞやお伺《うかが》いした矢吹平八郎です、田崎さんがお亡くなりになったと聞き、線香の一本もあげさせていただきたく参上致しました」

平八郎は頭を下げた。

「よくおいでくださいました。さあ、どうぞ」

美代は、平八郎を仏間に案内した。

仏間には、線香の匂いが漂っていた。

平八郎は、紫煙を立ち昇らせる線香を供《そな》え、手を合わせた。

美代は、落ち着いた様子でひっそりと控《ひか》えている。

おそめの事を知っているのだろうか……。

平八郎は合掌を解き、美代を振り返った。

「此度は何と申していいのか、お悔《く》やみ申しあげます」

平八郎は深々と頭を下げた。

「本日はわざわざありがとうございます」

美代は静かに礼を返した。

「奥方さま……」

隣室から利平が声を掛けて来た。

「なんですか……」

「お茶を……」

「おお、そうでした……」

美代は襖《ふすま》を開けた。

利平は平八郎を鋭く一瞥《いちべつ》し、盆に載せた茶を美代に渡した。

美代は茶を受け取り、平八郎に差し出した。

「どうぞ……」

「いただきます……」

平八郎は茶を啜り、静かに斬り込んだ。

「聞くところによりますと、田崎さん、何者かの手に掛かったとか……」

平八郎は、深い同情を見せた。

「はい。武士として不調法な真似《まね》を致したものと恥じております」

美代は淡々と告げた。

「御妻女もこれから大変ですね」

「はい……」

美代は頷いた。その顔には、不安も翳《かげ》りも感じられなかった。

これまでだ……。

平八郎は茶を置いた。

「では、私はこれで。急に訪れて御無礼致しました」

平八郎は挨拶を交わし、屋敷を出た。

美代は、玄関先まで平八郎を見送った。

「では……」

「かたじけのうございました」

美代は微笑んだ。

美しい笑顔だった。

美代に哀しみはなかった。

平八郎は、不吉な予感に襲われた。

浅草浅草寺の賑わいが遠く聞こえていた。

遊び人の清次の家は、浅草傳法院裏の長屋の一番奥にあった。そこは、下男の利平が出て来た家だった。

やはり、下男の利平と遊び人の清次は関わりがあるのだ。

伊佐吉は、清次が家にいるのを確かめ、張り込みを開始した。

小半刻が過ぎた頃、下っ引の亀吉が駆け付けて来た。

「親分……」

「おう。どうした、亀」

「へい。田崎さまの奥方は、平八郎の旦那が見張ってくれると仰《おつしや》ってくれまして……」

「って事は、下男の利平、中御徒町の田崎さまの屋敷に行ったんだな」

「へい。で、清次って遊び人の家は……」

「一番奥だ」

「いるんですか……」

「ああ……」

「大番屋に引っ張りますか」

亀吉は勢い込んだ。

「いや。今のところ、おそめの男の一人で、利平と関わりがあるぐらいだ。大番屋にはまだ引っ張れないさ」

「ですが……」

「だったら、ちょいと突《つつ》いてみるか」

伊佐吉は嘲《あざけ》りを浮かべた。


狭く汚い部屋は、むっとする程の臭気が充満していた。

遊び人の清次は、汚れた万年布団に包《くる》まって眠っていた。

「邪魔するぜ」

伊佐吉が怒鳴《どな》り、腰高障子を乱暴に開けた。

清次は、驚いて飛び起きた。十枚の小判が、だらしなくはだけた着物の胸元から音を鳴らして落ちた。

「何だ、手前……」

清次は、慌てて小判を掻《か》き集めながら怒鳴った。

「お前が清次か……」

伊佐吉は十手を見せた。

清次は息を飲み、小判を握り締めた。

「随分、羽振りがいいんだな」

伊佐吉は、小判を一瞥した。

清次は、慌てて小判を懐に入れた。

「何の用ですかい……」

「お前、花川戸のおそめを知っているな」

「おそめですかい……」

清次は微かに緊張し、警戒の眼差しを伊佐吉に向けた。

「惚《とぼ》けたって無駄だ。知っているな」

「へ、へい……」

「じゃあ、おそめの旦那の田崎さまも知っているだろう」

「へい……」

清次は、警戒したまま頷いた。

「その田崎さま、一昨日《おととい》の夜、殺されてな」

伊佐吉は、清次の反応を窺った。

清次は、微かに震えた。

「お前、一昨日の夜、何処で何をしていた」

「親分さん、あっしを疑っているんですかい」

清次は懸命に震えを隠し、立ち直ろうとした。

「ああ……」

伊佐吉は冷たく笑った。

「そんな……」

「じゃあ、何処で何をしていたか云ってみな」

「確か一昨日は、今戸《いまど》の光明寺《こうみようじ》の賭場《とば》に……」

清次は探るように答えた。

「今戸の光明寺の賭場かい」

「へい」

「何刻《なんどき》から何刻までだ……」

「暮《くれ》六つ（午後六時）から子《ね》の刻九つ（午前零時）までだったと……」

「間違いねえな」

「そりゃあもう。へい」

「よし。今晩にでも確かめてみるぜ。それまで、勝手に遠出するんじゃあねえ」

「へい」

「万が一、言いつけを守らねえ時は、たとえ殺しに関わりがなくても、今までの些細《ささい》な悪事を掻き集めて牢にぶち込んでやるからな」

「そんな……」

「じゃあな……」

伊佐吉は冷たい一瞥を清次に与え、清次の家から出て行った。

「馬鹿野郎……」

清次は、ふてぶてしく悪態をついた。

「こうなりゃあ、これだけじゃあ足らねえな」

清次は苛立《いらだ》ちを浮かべ、十枚の小判を握り締めた。

伊佐吉と亀吉は、木戸の物陰に潜んだ。

「清次の野郎、惚けやがって……」

外で聞いていた亀吉が吐き棄《す》てた。

「親分、清次が下手人ですよ」

「間違いねえだろう。野郎は分不相応に十両もの金を持っていやがった」

「十両……」

亀吉は眼を丸くした。

「って事は……」

「誰かに十両で頼まれて、殺《や》ったのかも知れねえ」

「じゃあ……」

「もしそうなら、野郎に十両を渡した奴を押さえなきゃあならない」

「野郎、動きますかね」

「ああ、きっとな……」

伊佐吉は、鋭い眼差しで清次の家を見つめた。

清次の家の戸が開いた。

伊佐吉と亀吉は、素早く物陰に身を潜めた。

清次は、油断のない眼差しで辺りを見廻した。

伊佐吉と亀吉は、息を詰めて待った。

清次は素早く家を出て、木戸に向かった。

「親分……」

「うん。俺は後を行く」

伊佐吉は、清次に面の割れていない亀吉を先に追わせた。

「へい」

亀吉は、木戸を出て行く清次を追った。

清次は、伊佐吉の挑発に乗った。

「野郎……」

伊佐吉は嘲笑《ちょうしょう》を浮かべ、充分に間を取って清次と亀吉を追った。

陽は西に傾き始め、伊佐吉の影を長くのばし始めた。


仲御徒町は黄昏《たそがれ》に覆《おお》われた。

田崎屋敷の木戸門が開いた。

下男の利平が帰るのか……。

平八郎は薄暗さに眼を凝《こ》らした。

利平が、風呂敷包みを背負って現れた。そして、辺りに異状のないのを確かめ、背後を振り返った。

美代が、御高祖頭巾《おこそずきん》を被《かぶ》って出て来た。

利平が先に立ち、美代が足早に続いた。

平八郎は追った。


利平と美代は、月明かりに浮かぶ練塀小路を神田川に向かった。

神田川の岸辺に出た二人は、昌平橋《しょうへいばし》の船着場に降りた。

船着場には屋根船が係留されていた。

舟に乗る……。

平八郎は焦《あせ》った。

美代と利平は、屋根船に乗って障子の内に消えた。船頭が棹《さお》を操り、屋根船の舳先《へさき》を西に向けて進んだ。

平八郎は、岸辺伝いに追った。

屋根船は船行燈を揺らし、夜の神田川を進んで行く。

西に進むと、やがては四ツ谷御門、内藤新宿になる。

吉沢家に行く……。

平八郎はそう睨み、夜道を急いだ。

四

伊佐吉は、神田川沿いの道を進んだ。
亀吉の後ろ姿が、行く手に見えている。
清次は、亀吉の前を進んでいる筈だ。
亀吉の落ち着いた足取りは、清次が気付いていない事を教えてくれた。
伊佐吉は、小石川御門から牛込御門に進んだ。
行き先は内藤新宿かもしれない……。
伊佐吉は、清次を訪れた吉沢家の下男の利平を思い浮かべた。
清次が持っていた十両は、利平が渡したものなのだ。
伊佐吉は思いを巡らせた。

夜は更け、擦《す》れ違う人も少なくなった。
平八郎は、四ツ谷御門に急いだ。
美代と利平の乗った屋根船は、既に追い越して来ていた。

美代は、田崎家にもう帰る気はないのかも知れない。

平八郎は、不意にそう感じた。

何故だ……。

美代は、夫の田崎惣兵衛が妾《めかけ》を囲っていたのを知っていたのだろうか。それ以上に、夫を愛していたのだろうか。そして、血の繋がらない弟の吉沢純一郎をどう思っていたのだろうか。

疑問は止め処《ど》なく湧《わ》きあがった。

平八郎は、行く手に続く夜の闇がいつもより深く暗く思えた。


四ツ谷御門に出た清次は、麹町の通りを四ツ谷大木戸に急いだ。

吉沢家に行く……。

亀吉は確信し、追った。

背後から足音が近付き、亀吉に並んだ。伊佐吉だった。

「親分……」

「吉沢家だな……」

「へい。間違いありませんよ」

清次は、四ツ谷大木戸の手前を右に曲がり、裏通りを足早に進んだ。

「野郎、大木戸と水番を嫌いやがった」

亀吉が吐き棄てた。

清次は裏通りを通り、大木戸と玉川上水の水番小屋を迂回《うかい》する気なのだ。

「よし。俺は先に吉沢屋敷に行くぜ」

「合点です」

亀吉は、清次を追って裏通りに入った。

伊佐吉は、大木戸に急いだ。


平八郎は麴町の通りを駆け上がり、四ツ谷大木戸を抜けた。

内藤新宿仲町の玉川上水に架かっている小橋が見えた。そして、角の古い一膳飯屋に明かりが灯っていた。

平八郎は、歯のない老亭主の笑顔を思い出した。


吉沢屋敷は不意の客に緊張した。

利平の女房のおたみは、清次の訪問を吉沢純一郎に取り次いだ。

「浅草の清次……」

純一郎は眉を顰めた。

「はい。利平に頼まれて仕事をした者だと申しております」

おたみの顔には、怯《おび》えが浮かんでいた。

浅草の遊び人の清次……。

利平が、純一郎の命令で雇った者に違いなかった。

「それで利平は……」

「それがまだ……」

「そうか……」

女の美代を連れての夜道だ。如何に船を使ったところで、そう早くは帰って来れない。

約束の金は渡した筈なのに、清次は何をしに来たのだ。

純一郎は、不吉な予感に襲われた。

平八郎は、玉川上水に架かる小橋を渡り、吉沢屋敷に近寄った。

「平八郎さん……」

伊佐吉が暗がりから呼んだ。

「親分……」

平八郎は、伊佐吉と亀吉が潜んでいる暗がりに入った。

「どうした……」

「清次の野郎を追って来たんですよ」

「清次……」

「ええ……」

「旦那……」

亀吉が、覗《のぞ》いていた板塀の隙間《すきま》を示した。

平八郎は板塀の隙間を覗いた。隙間の向こうに吉沢屋敷の玄関先が見え、狭い式台に腰掛けている清次がいた。

「奴が清次か……」

「ええ。やっぱり吉沢家と関わりがあったんですよ」

「うん……」

平八郎は、不吉な予感が当たったのを知った。

「で、平八郎さんは……」

伊佐吉は、怪訝《けげん》な眼を向けた。

「利平と美代さんが、こっちに向かっているので先回りをして来たんだ」

「奥方さまが……」

「うん……」

「何しに来るんですかね」

「そいつが良く分からないんだ」

平八郎は、吐息を洩らした。

「親分、旦那……」

板塀の隙間を覗いていた亀吉が、緊張した声で二人を呼んだ。

平八郎と伊佐吉は、吉沢屋敷の玄関先を見た。

手燭《てしょく》を持った吉沢純一郎が、刀を手にして狭い式台に座った。

手燭の灯りが揺れ、純一郎の青白い顔を照らした。

平八郎は、異様な緊張を覚えた。


「何用だ……」

純一郎は清次を見つめた。奥の知れない冷たい眼差しだった。

清次は思わずたじろいだ。

「何用だって旦那……」

清次はたじろぎを棄《す》て、懸命に態勢を立て直した。

「今日、岡っ引が来ましてね……」

純一郎は、微《かす》かに息を鳴らした。

「……勿論《もちろん》、田崎の旦那殺しでね」

清次は、獲物をいたぶる狡猾《こうかつ》な眼差しで純一郎を見つめ返した。

「そうか、田崎の義兄上の件で岡っ引が来たか……」

純一郎は瞑目《めいもく》した。

「へい。ご存じのように、あっしは妾のおそめの遊び相手でしてね。そこから足が付いたようです」

「成る程。それで私に用とは……」

「そいつなんですが、こうなったら暫《しばら》く江戸を出ようと思いましてね。つきましてはいただいたお手当てだけじゃあ、足らないんですよ」

純一郎は眼を開けた。

「金子《きんす》、もっとくれと申すか……」

「へい。後十両……」

清次は薄く笑った。

「承知した。後十両、すぐに持ってこよう」

純一郎は、瘦せた頰《ほお》を小さく歪めた。


「危ない……」

平八郎は、純一郎の発した殺気を感じ、木戸門に走った。伊佐吉と亀吉が続いた。

平八郎が木戸門を潜った。

刹那《せつな》、純一郎が片膝を着き、刀を横薙《な》ぎに一閃《いっせん》した。

清次の薄笑いを浮かべた首が、血煙りを噴き上げて夜空に飛んだ。

見事な剣の腕だった。

遅かった……。

平八郎は立ち止まった。

清次の首が、その足元に落ちて転がった。

そして、胴体が横倒しにゆっくりと崩れた。

首の斬り口から血が溢れた。

伊佐吉と亀吉は、思わず眼を背《そむ》けた。

純一郎は、刀に拭《ぬぐ》いを掛けて鞘に納め、平八郎に眼を向けた。その眼は、何の感情もなく透《す》き通っていた。

「何か御用かな……」

純一郎は、乱れる息を密かに抑えた。

「何故、清次を斬ったのですか……」

「義兄を殺《あや》めたからです」

「仇討《かたきう》ちだと云うのですか……」

平八郎は尋ねた。

だが、純一郎は返事をしなかった。返事をしなかったというより、胃の腑から込み上げてくる物のために出来なかったのだ。

「純一郎さん……」

美代が、風呂敷包みを背負った利平を従えて入って来た。

「姉上……」

純一郎は嬉しげに微笑み、顔を激しく歪めた。そして、血を大量に吐き、前のめりに崩れた。

「純一郎さん……」

美代が、悲鳴のように叫んだ。


燭台の灯りは瞬《また》いていた。

吐血した純一郎は、苦しげに息を鳴らしていた。

医者は首を横に振り、何の手当てもせずに帰った。

純一郎の胃の腑は爛《ただ》れ、既に限界に達していた。

美代は純一郎の枕元に座り、見守り続けた。

灯りの瞬きは、美代を不安げに揺らした。


平八郎は、伊佐吉や亀吉と清次の死体を片付け、下男の利平の尋問を始めた。

利平は、主・純一郎の死を覚悟し、素直に尋問に応じた。

純一郎は、姉の美代の幸せを願い、普段からその暮らしぶりを利平に調べさせていた。

美代は子も出来ず、決して幸せだとはいえなかった。だが、暮らしぶりは穏やかだった。

純一郎は、利平を使って美代を見守り続けた。

やがて、美代の夫の田崎惣兵衛は、花川戸に妾を囲った。

姉は裏切られた……。

純一郎は、田崎に激しい憎悪を燃やした。

子供の頃から病弱で妻を持たなかった純一郎には、姉の美代が生涯唯一人の身近に存在した女だった。

姉を裏切り、哀しませる田崎……。

純一郎は、利平に妾のおそめの身辺を調べさせ、遊び人の清次の存在を知った。

清次に田崎を殺させ、美代を実家である自分の許に引き取る。

純一郎は病の床で熟慮し、企てを練った。

清次は十両の金に眼が眩《くら》み、誘いに乗った。

田崎殺しを決行するのは、美代に決して疑いの掛からない時……。

美代が母親の法事で実家に来る日を決行の時と決めた。

田崎殺しは決行された。

利平は語り終えた。

「そして、俺に突かれて慌てた清次を斬り棄てたか……」

伊佐吉は肩で息をつき、亀吉は溜息を洩《も》らした。

「親分さん。旦那さまは間もなく息をお引取りになられます。どうかこのまま……」

利平は、薄い髪の頭を床にこすり付けた。

「どう思います、平八郎さん……」

「俺は只《ただ》の素浪人。そいつは親分の決める事だ」

平八郎は身を引いた。

伊佐吉は微笑んだ。

「亀吉、田崎さまを殺めた下手人は、遊び人の清次。それを知った田崎さまの義理の弟の吉沢さまが、清次を斬り棄てて仇を討った。いいな」

「へい……」

亀吉は頷いた。

伊佐吉は、利平の願いを叶えてやった。

「ありがとう存じます……」

利平は嗚咽《おえつ》を洩らした。そして、おたみの泣き声が、襖の向こうから聞こえた。

田崎惣兵衛殺しは解決した。だが、平八郎が抱いた疑問は、何もかも解消した訳ではなかった。

疑問は、田崎惣兵衛がどうして美代の不義を疑ったかだった。

今のところ、美代に不義の相手は浮かんでいない。

それなのに何故……。

平八郎は気になった。


美代は座り続けた。

死相の浮かんだ純一郎の顔には、幼い頃の面影が辛《かろ》うじて残されていた。

養子として来た赤ん坊の時。幼くして剣の天分があると喜んだ顔。そして、病がちになり、病床から淋《さび》しげに見つめた純一郎。

美代の脳裏に、純一郎の様々な思い出が浮かんでは消えていった。

純一郎は呻き、微かに意識を取り戻した。

「純一郎さん……」

「姉上……」

純一郎は、美代に手を伸ばした。

美代は、純一郎の手を握り締めた。

「姉上……」

純一郎は甘えた。

「眠れないのですか……」

美代は微笑んだ。

「ええ……」

「しょうがない子ですね……」

美代は、掛け布団を捲り、痩せた純一郎の傍に身を横たえた。

「姉上……」

純一郎は美代に抱きつき、その胸に顔を埋めた。美代は純一郎を抱き締めた。

純一郎の身体は冷たく、力は既に失せていた。

美代の眼に涙が溢れた。

純一郎は、最後の力を振り絞って美代の乳房を求めた。美代は、自ら乳首を純一郎の口に含ませた。

純一郎が嬉しそうに微笑んだ。

美代は涙を止め処なく零し、幼い頃から歌ってやった子守唄を口ずさんだ。

純一郎は間もなく息を引き取り、短い生涯を閉じる。

その時、自分の生涯も終わる……。
美代は子守唄を歌った。

平八郎は知った。
血の繫がらない姉と弟……。
平八郎は、美代と純一郎の真実の姿を知った。
田崎惣兵衛の懸念は当たっていた。
美代は不義を働いていたのだ。
相手は血の繫がらない弟……。
平八郎は、純一郎の部屋の前に立ち尽くした。
障子に映っていた燭台の灯りが、小さく瞬《またた》いて消えた。
美代の子守唄は、暗闇に微かに続いていた。
平八郎は、暗く深い闇の奥に秘められていた仄《ほの》かな明かりを見た。

第二話　一日一分

一

神田明神下のお地蔵長屋は、朝の忙しさも過ぎて静かな時を迎えていた。

平八郎は、遅い朝飯を終えて家を出た。

お地蔵長屋の井戸端には誰もいなく、木戸の傍らに立つ地蔵の頭が日差しに輝いていた。

長屋の通称の謂《いわ》れになった地蔵は古く、その目鼻は風雨に削《けず》られていた。

平八郎は古い地蔵に手を合わせ、日差しに輝く頭をひと撫《な》ぜして木戸を出た。

滑らかな感触が、掌《てのひら》に温かく残った。


口入屋『萬屋』は閑散としていた。

「邪魔をするぞ、親父……」

平八郎は暖簾《のれん》を潜《くぐ》り、薄暗い店内に入った。

「わっ。叔父さん、私、この人が良い」

若い娘の声があがった。

平八郎は思わず怯《ひる》んだ。

いつもなら主の万吉の冷たい一瞥《いちべつ》があるだけなのだが、いきなり若い娘の弾んだ声に迎えられたのだ。

平八郎は戸惑った。

渋い面持ちの万吉が、帳場に大店《おおだな》のお嬢さん風の娘といた。

「ねっ、叔父さん。私とお似合いじゃあない」

若い娘は、明るく弾んでいた。

「親父……」

平八郎は、戸惑いを万吉に向けた。

「まったく、余計なところに来たもんだ」

万吉は、憮然《ぶぜん》とした面持ちで平八郎を一瞥した。

「お侍さん、お名前は何て云うんですか。お歳、お幾《いく》つなんですか」

若い娘は万吉に構わず、矢継ぎ早に平八郎に尋ねた。

「えっ……」

「ねえ、教えて……」

「矢吹平八郎、歳は二十五、係累なし」

万吉は、諦《あきら》めたように若い娘に告げた。

差し出された茶は、珍しく温かく良い香りを漂わせていた。

「平八郎さん。この娘は、神田須田《すだ》町の酒問屋に嫁いだ私の姉の子で、おふみといいます」

万吉は、平八郎に若い娘を紹介した。

「おふみさんか……」

「はい。よろしくお願いします」

おふみは明るく微笑《ほほえ》み、三つ指をついて頭を下げた。

「よろしくとお願いされても、私には何がなんだか……」

「ですから、私と云い交わした仲の殿方になって欲しいのです」

「おふみさんと云い交わした仲……」

平八郎は素《す》っ頓狂《とんきょう》な声をあげた。

「はい……」

おふみの大きな眼は、悪戯《いたずら》っぽい笑みを湛《たた》えていた。その顔は、美しいというより可愛らしかった。

「如何《いかが》ですか、一日一分のお給金で……」

「一日一分……」

割りの良い給金だ。平八郎の声は思わず弾んだ。

「つまりですね。おふみは、一日一分の給金で平八郎さんを雇いたいのですよ」

万吉はぶっきらぼうに云った。

「云い交わした仲の男としてか……」

「はい。お願いです、平八郎さま。私を助けると思って、この通りです」

おふみは、平八郎に手を合わせた。

「そりゃあまあ、やらない事もありませんが、一体どうしてなのですか」

「決まっています。縁談ですよ、縁談」

おふみは、取引き先の大店の若旦那に気に入られ、嫁に望まれた。おふみの両親は喜んだ。だが、おふみは若旦那が嫌いだったし、まだ嫁に行く気もなかった。そして、おふみは両親と口論を繰り返し、思わず〝云い交わした男がいる〟と叫んでしまったのだ。

両親はそれを嘘とみて、だったら連れて来いと命じた。そんな男のいないおふみは、窮地に陥《おちい》った。

〃云い交わした男〃を雇うしかない……。

おふみはそう決め、叔父の万吉の口入屋を訪れたのだ。

良くある話だ……。

平八郎は茶を飲んだ。

「それで、一日一分の給金で、私に云い交わした男を演じろと申すか……」

「はい。両親が諦めるまで……」

「そんな真似《まね》をしても、義兄さんと姉さんが諦めるもんか……」

万吉は鼻の先で笑った。

「諦めて貰《もら》わなきゃあ困るんです。叔父さん」

おふみが頬《ほお》を膨らませ、万吉を睨《にら》みつけた。

「まあまあ、二人とも落ち着きなさい」

平八郎は、万吉とおふみの茶を淹《い》れ替えてやった。

面倒な仕事であり、芝居にも余り自信はない。だが、一日一分の高給は大きな魅力だ。

「何とかなるか……」

平八郎は呟《つぶや》いた。

「やってくれますか」

おふみの顔が輝いた。

「平八郎さん……」

万吉が眉を顰《ひそ》めた。

平八郎は決めた。

「よし。おふみさん、云い交わした男の役、引き受けよう」

「ありがとうございます。平八郎さま、そうと決まれば、私をおふみと呼び捨てにして下さい」

おふみの声は弾んでいた。

「そうか……」

「はい。それじゃあ参りましょう」

おふみは立ち上がり、平八郎の腕を取った。

「何処《どこ》に……」

「平八郎さまのお家に……」

「私の家……」

平八郎は困惑した。

「どうしてだ……」

「そりゃあ云い交わした二人。時々、私が平八郎さまのお家にお邪魔してお掃除をしたり、お料理を作ってあげているんですもの。詳しく知っていて当たり前でしょう。さあ、参りましょう」

おふみは、平八郎の腕を引いた。

「う、うん。しかし……なあ親父……」

平八郎は、万吉に助けを求めた。

「平八郎さん。今度の仕事は、何があろうがこの萬屋とは一切関わりがありませんのでそのおつもりで。はい」

万吉は冷たく言い放ち、背を向けて帳簿を開いた。

「親父……」

「お邪魔しました叔父さん。さっ、平八郎さま……」

平八郎は、おふみに手を引かれて『萬屋』を出た。

明神下の往来は日差しに溢《あふ》れ、妙に眩《まぶ》しかった。

平八郎にとって眩しいのは、往来だけではなくおふみもだった。

湯島《ゆしま》天神の境内《けいだい》は参拝客で賑《にぎ》わい、茶店から甘酒の香りが漂っていた。

平八郎はおふみと茶店の縁台に並んで腰掛け、甘酒を飲んでいた。

「じゃあ平八郎さまは、親の代からの御浪人さんなのですね」

「うん……」

「それで、これからどうするおつもりなんですか」

「何が……」

「ずっと御浪人のままで、日雇い仕事をしていくおつもりなのですか」

「ふむ。仕官の口もなかなかないし、仮にあったとしても、今更宮仕えも面倒だし……」

平八郎は甘酒の残りを啜《すす》った。

「ま。大名家の藩士として仕官するより、剣術指南役に推挙されるといいな」

大名家に仕官し、身分と家格で縛られた藩士になるより、剣術指南役として金銭で雇われた方が気楽だ。

「あら、平八郎さまは剣術がお強いのですか」

おふみは眼を丸くした。

「強いといえば強いのかも知れないが、好きだな」

「じゃあ、お好きな剣術で気楽に暮らせればいいのですか」

「突き詰めればそうなるかな。親父、甘酒をもう一杯くれ」

「はあい……」

主《あるじ》の長閑《のどか》な返事が店の奥からした。

「それよりおふみ、ご両親が乗り気の縁談、どうして嫌なのだ」

「相手の若旦那、気障《きざ》で見栄っ張りで女好きで、もう落語に出て来る絵に描いたような馬鹿旦那。真っ平ですよ」

「誰かに調べて貰ったのか」

「いいえ。自分で調べました」

「自分で……」

平八郎は驚いた。

「はい。後をつけたりなんかして……」

おふみは事も無げに云い、甘酒を飲み干した。

「おまちどおさま……」

茶店の親父が、平八郎に甘酒を持って来た。

「おじさん、私にももう一杯下さいな」

おふみは、空になった湯呑茶碗を親父に差し出した。

「はあい……」

親父は長閑な返事をし、店の奥に入って行った。

「そうか、自分で調べたのか……」

若い娘が、自分で縁談の相手の若旦那の素行を調べたのだ。

平八郎は自分を雇った事といい、おふみの行動力に驚かずにはいられなかった。

「その事をご両親には云わなかったのか」

「云いました。でも、お父《と》っつぁんもおっ母《か》さんも、そんなのは若い内だけだからって……。そりゃあ、普通の人ならそうかも知れないけど、あの若旦那はきっと死ぬまで馬鹿旦那。お店だってきっと潰《つぶ》してしまいますよ」

おふみは、自信ありげに断定した。

「随分、嫌ったものだ」

平八郎は苦笑した。

「そりゃあそうですよ。きっと今日だって、昼間から深川《ふかがわ》の岡場所をふらふらしているんですよ」

「まさか……」

「本当です。なんなら行ってみましょうか」

おふみは、面白い生き物を見物に行くかのように笑った。


隅田川は日差しに輝き、様々な船が行き交っていた。

平八郎とおふみは、湯島天神から両国《りょうごく》に出て隅田川沿いを下った。そして、新大橋を渡って深川に入った。

深川富岡《とみがおか》八幡宮の門前は、江戸でも有数の岡場所だった。

岡場所は幕府公認の吉原《よしわら》以外の遊里をいい、その多くは町奉行所の支配摘発を逃れるために寺社地にあった。深川の岡場所もその一つだった。

平八郎とおふみは、八幡宮一の鳥居を潜って岡場所に入った。

途端に男の怒声があがった。

平八郎とおふみは足を止め、怪訝《けげん》な眼差しで怒声のした方を見た。

数人の男たちが、一軒の遊女屋から揉《も》み合いながら出て来た。遊女屋の男衆と客らしき若い男だ。男衆は若い男客の着物を乱暴に剝《は》ぎ取り、下帯一本にして突き飛ばした。

下帯一本にされた若い男は、無様な姿で往来に倒れ込み、土埃《つちぼこり》を舞い上げた。

男衆と行き交う人々が笑った。

「あっ……」

おふみは短く驚いた。

「どうした」

「馬鹿旦那です」

おふみの眼に軽蔑が溢れた。

「あいつが……」

若旦那は男衆に小突き回され、土まみれになって悲鳴をあげていた。無様で惨《みじ》めな姿だった。

おふみでなくても愛想を尽かす……。

平八郎は苦笑した。

男衆は若旦那をいたぶり続けた。まるで、捕まえた鼠《ねずみ》を弄《もてあそ》ぶ猫だ。

「助けて……」

若旦那は泣きながら助けを求めた。

「いい加減にしろ」

平八郎は男衆の許《もと》に向かった。

「平八郎さま……」

おふみは心配げに平八郎を見守った。

平八郎は男衆と対峙《たいじ》した。

「何があったか知らぬが、もう勘弁してやったらどうだ」

若旦那は、慌《あわ》てて平八郎の背後に隠れた。

「お侍、こいつは金もねえのに、女と遊んで酒を喰《く》らいやがったんだ」

「そいつは拙《まず》いが、償《つぐな》いはもう充分だろう」

「煩《うる》せえ。それはこっちが決めることだ」

男衆の一人が、猛然と平八郎に殴り掛かった。

おふみが思わず眼を瞑った。

男衆の怒号と悲鳴、殴り蹴る音が交錯した。

土埃が盛大に舞い上がり、やがて男の苦しげな呻《うめ》き声が洩れた。

おふみは恐る恐る眼を開けた。

男衆が地面に倒れ、苦しげに呻いてもがいていた。

平八郎は着物を取り戻し、若旦那に放り投げた。

「これに懲《こ》りて、少しは真面目にやるんだな」

「はい……」

若旦那は着物を羽織り、足を引きずりながら駆け去った。

「邪魔したな。さあ、おふみ……」

平八郎は何事もなかったかのように、おふみの手を取って歩き出した。

「は、はい……」

平八郎とおふみは、手を繋いで深川の岡場所を後にした。

平八郎の手は、無骨で逞《たくま》しく温かかった。

心地良い……。

おふみは、平八郎の手を握り締めた。

「どうした」

平八郎は、怪訝な眼差しをおふみに向けた。

「ううん。なんでもありません」

おふみは思わず俯《うつむ》いた。

「それにしても、聞きしに勝る馬鹿旦那だな」

「そうでしょう」

「昼日中、女郎屋で下帯一本で追い出されるとは情けない。おふみじゃあなくても願い下げだな」

平八郎はおふみの手を放した。

「あっ……」

おふみは、思わず平八郎と繋いでいた掌を見た。平八郎の掌の温もりは、あっという間に消えた。

馬鹿旦那……。

おふみは、心の中で若旦那に八つ当たりした。

陽は西に傾き、隅田川の流れは光り輝きはじめた。

二

神田須田町の酒問屋『三河屋《みかわや》』は、老舗《しにせ》らしい落ち着きを漂わせていた。

おふみは、店の横手にある格子戸を開けた。

「ただいま……」

「お嬢さま……」

女中のとめが、奥から飛び出して来た。

「とめさん、ただいま戻りました」

「もう、何処にいっていらしたんですか。旦那さまとお内儀《かみ》さまが、そりゃあもう心配されて……」

「あら、そう……」

おふみは軽くいなし、自分の部屋に向かった。

酒問屋『三河屋』の主の徳右衛門《とくえもん》は、厳しい眼差しをおふみに向けた。

「明日来るだと……」

「ええ。未《ひつじ》の刻八つ（午後二時）にね。おっ母さんもそのつもりでお願いします」

「おふみ……」

母親のおみねが、心配そうにおふみを見た。

「じゃあ、よろしくね」

おふみは、父親の部屋をさっさと出て行った。

「お待ちなさい、おふみ」

おみねは慌てて追い掛けようとした。

「おみね……」

徳右衛門は止めた。

「お前さま、どうします。おふみが明日、云い交わした男の人を連れて来ると……」

「どうせ、苦し紛《まぎ》れの嘘に決まっている。慌てるんじゃあない」

「でも……」

おみねの動揺は治まらなかった。


居酒屋『花や』は、店を開けたばかりで客はまだ少なかった。

女将《おかみ》のおりんは、酒と肴《さかな》を片隅にいる平八郎の許に運んだ。

「さあ、どうぞ」

おりんは、平八郎の猪口《ちょこ》に酒を満たした。

「うん……」

平八郎は猪口の酒を飲んだ。

「ふうむ。美味《うま》い」

平八郎は手酌で酒を飲み始めた。

「なあにそれ……」

おりんは、平八郎が傍に置いている風呂敷包みを気にした。

「これか、これは羽織と袴《はかま》だ」

「羽織と袴……」

おりんは眉根を寄せた。

「古着だがな」

平八郎は、おふみが買ってくれた羽織と袴を包んだ風呂敷を身体に寄せた。

「仕官話でもあるの」

おりんは身を乗り出した。

「いや……」

大店の娘に、情人の役で雇われたとは云いづらかった。云った後の、おりんの反応が恐ろしかった。

平八郎は手酌で酒を飲み続けた。

「じゃあ何よ」

「う、うん。おりん、煮魚、何がある」

平八郎は誤魔化《ごまか》すように訊《き》いた。

「それより、何のための羽織と袴よ」

おりんに誤魔化しは効《き》かなかった。

平八郎は小さな吐息を洩らし、猪口の酒を飲み干した。

「実はな、おりん……」

平八郎は事の次第を話した。

「馬鹿みたい……」

おりんは鼻先で笑った。

やはり、云うんじゃあなかった……。

平八郎は悔《く》やんだ。

「そんな子供じみた真似して、上手くいくと思ってんの」

おりんは冷たく平八郎を見た。

「そりゃあ俺もそうは思っているが、一日一分の給金には代えられんからな」

「一日一分……」

おりんは眼を丸くした。

「うん」

「下手な芝居をするだけで……」

おりんは呆《あき》れた。

「なっ。断る話じゃあないだろう」

平八郎は苦く笑った。

「そりゃあ、そうかもしれないけど……」

平八郎は手酌で酒を注ごうとした。だが、銚子は空だった。

「おりん、酒をくれ」

「はい、はい」

おりんは、軽蔑を込めた一瞥を平八郎に与え、板場に向かった。

おりんの云う通りなのだ。

自分自身、芝居が上手くいくかどうか自信はない。だが、どのような結果になったとしても、もうやるしかないのだ。

初日の給金の一分を貰い、こうして酒を飲んでいるのだから……。

平八郎は頭を抱え、吐息を洩らした。


朝の日差しは、容赦なく狭い部屋に溢れた。

平八郎は眩しさに顔を背け、煎餅布団を片付けた。そして昨夜、おりんに作って貰った握り飯を食べ、顔を洗って房楊枝《ふさようじ》で歯を磨いた。

午《うま》の刻九つ半（午後一時）になった。

神田須田町の酒問屋『三河屋』に行くのは、未の刻八つ。後半刻後だ。

「さあて、そろそろ行くか……」

おふみとは、神田川に架かる昌平橋で落ち合う手筈になっている。

平八郎は、おふみに買い与えられた羽織袴を着て立ち上がった。


木戸口の古地蔵の頭は、日差しに光り輝いていた。

「芝居が首尾良くいきますように……」

平八郎は古地蔵に手を合わせ、光り輝く頭をさっと一撫ぜして長屋を後にした。

明神下の通りに出た平八郎は、神田川に向かった。

羽織は窮屈であり、袴は少々大きかった。

平八郎は、身体に合わない羽織と袴に違和感を覚えながらも、昌平橋に急いだ。

昌平橋を渡ると八《や》つ小路《こうじ》に出る。火除《ひよけ》御用地でもある八つ小路を進むと、神田須田町になる。

神田川の川面《かわも》は日差しに煌《きら》めき、爽《さわ》やかな川風が吹き抜けていた。

おふみは昌平橋の南の橋詰に佇《たたず》み、平八郎を待っていた。

「やあ……」

平八郎は昌平橋を渡り、おふみに近寄った。

おふみは、平八郎の姿を見て首を捻《ひね》った。

羽織は窮屈そうであり、袴は引きずるぐらいに長い。

「どうした」

「やっぱり古着は駄目ね」

おふみは吐息を洩らした。だが今更、新しい羽織袴を調達している暇《ひま》はない。

「仕方がないわね。はい。今日のお給金」

おふみは、平八郎に一分金を渡した。

「うん。確かに……」

平八郎は一分金を受け取り、懐に仕舞った。

「じゃあ行きますよ」

おふみは平八郎を促《うなが》した。

「よし」

平八郎は武者震いし、おふみと神田須田町に向かった。

酒問屋『三河屋』は、奉公人や人足たちが酒樽を運ぶのに忙しかった。

平八郎は奥座敷に通された。

奥向き女中のとめは、平八郎に茶を差し出しながら探るような眼差しを残して去った。

中庭に面した奥座敷には、店の喧騒《けんそう》は届いていなく静かだった。

平八郎は、老舗大店の奥の深さに感心した。

老舗大店の婿養子も悪くはないかも知れない……。

平八郎の脳裏に、そんな思いが過った。

廊下を来る足音が聞こえた。

平八郎は姿勢を正した。

「お待たせ致しました」

おふみが襖を開け、徳右衛門とおみねが入って来て平八郎に向かい合った。

おふみは、両親の背後に控えた。

「おふみの父、三河屋徳右衛門にございます。こっちは母親のみねにございます」

徳右衛門は平八郎を見据えて告げた。そして、おみねは深々と頭を下げた。

「私は矢吹平八郎です。今は岡田十松《おかだじゅうまつ》先生の撃剣館で、神道無念流《しんとうむねん》の修行に励んでおります」

平八郎は自己紹介をした。

おふみが目顔《めがお》で先を促した。

平八郎は再び姿勢を正した。

「本日、突然お邪魔したのは他でもありません。おふみさんを我が終生の伴侶にいただきたく、参上した次第です」

「おふみ……」

「はい」

おふみは緊張した。

「矢吹さまのお言葉に異存はないのですね」

「はい」

おふみは、緊張した面持ちで頷いた。

「矢吹さま。三河屋徳右衛門、御用のおもむき篤《とく》とお伺い致しました。ですが、今すぐ返事は出来かねます」

徳右衛門は射抜くような眼差しで、平八郎を見据えた。

平八郎は僅かに怯んだ。

「それはそうでしょう。私も今すぐにとは申しません。ただ、私とおふみさんは生涯を共にすると約束していることだけは、お含み置き下さい」
平八郎は、怯みながらも懸命に押し返した。額《ひたい》に脂汗《あぶらあせ》が滲み、声が微かに震えた。
徳右衛門の眼に、小さな嘲《あざけ》りが浮かんだ。何もかも見抜いている嘲りだった。
平八郎は思わずうろたえた。
徳右衛門は苦笑した。
負けた……。
平八郎は、徳右衛門との勝負に負けたのを思い知った。
長年、商いの駆け引きをして来た徳右衛門にとり、平八郎などは赤子同然なのだ。
その時、廊下に乱れた足音が鳴った。
徳右衛門は眉をかすかに曇らせた。
「旦那さま……」
乱れた足音の主が、襖の向こうの廊下から声を掛けて来た。
徳右衛門は襖を開けた。
番頭の清兵衛《せいべえ》が蒼《あお》ざめた顔でいた。
「どうしました、番頭さん」
「はい……」

清兵衛は徳右衛門に身を寄せ、囁《ささや》いた。

「南町の旦那が……」

徳右衛門は眉をしかめ、平八郎を振り向いた。

「矢吹さま。急な用が出来ましたので本日はこれまでと……」

「はい……」

「おふみ、お見送りを……」

「はい」

「では、御無礼致します」

徳右衛門は平八郎に一礼し、足早に奥座敷を出て行った。おみねが、平八郎に頭を下げて夫に続いた。

平八郎は緊張した姿勢を解き、大きな溜息をついた。

「ご苦労さまでした」

おふみは労《いた》わった。

「うん。それより何かあったのか……」

平八郎は、徳右衛門たちの様子が気になった。

「ええ……」

おふみは、眉根を寄せた。

酒問屋『三河屋』の店には、張り詰めた空気がみなぎっていた。

平八郎とおふみは、裏口から店の様子を窺った。

「それでは村上《むらかみ》さま。うちが卸した酒に毒が入っていたと仰《おつしや》られるのですか」

徳右衛門は厳しい面持ちで、訪れた南町奉行所定町廻同心村上兵庫《ひようご》に尋ねた。

「左様。その酒を飲んで死人が出た」

村上は無表情に告げた。

岡っ引の万蔵《まんぞう》が、村上の隣りで頷いた。

「村上さま、その酒は手前どもが何処の酒屋に卸《おろ》したものにございますか」

清兵衛が恐る恐る尋ねた。

「神田佐久間《さくま》町の酒屋井筒屋《いづつや》に卸した酒だ」

「井筒屋さんに卸した酒。清兵衛……」

「はい……」

清兵衛は帳簿を捲《めく》った。

「旦那さま、これにございます」

清兵衛は、徳右衛門に帳簿を見せた。

井筒屋が仕入れて行った酒は、秩父《ちちぶ》の酒蔵が作った安酒だった。

「此処から一斗《いっと》樽で仕入れ、口開けの一升を買って飲んだ男が、血反吐《へど》を吐いて死んだとの事だ」

「他には……」

徳右衛門は尋ねた。

「その一人だけですぜ」

岡っ引の万蔵が引き取った。

「畏《おそ》れながら村上さま。仮に毒が入っていたとしても、うちから井筒屋さんを通しての事。井筒屋さんで……」

「井筒屋が毒を入れても何の得にもならぬ」

「それは、手前どもとて同じにございます」

「そうかな……」

村上は、徳右衛門に厳しい一瞥を与えた。

徳右衛門は、不吉な予感に襲われた。

「酒を飲んで死んだのは、米造《よねぞう》という島帰りの親父だ」

村上は徳右衛門を見据えて告げた。

「米造……」

徳右衛門は明らかに動揺した。

「知っているな」

村上の眼に嘲りが浮かんだ。

「は、はい……」

徳右衛門は躊躇《ためら》いがちに頷いた。

番頭の清兵衛たち奉公人に、云い知れぬ不安が湧いて漂った。

「米造も旦那のことは良く知っていて、いろいろ喋《しゃべ》っていたようだ」

村上は徳右衛門の反応を見届けようと、視線を外さなかった。

「そうですか……」

徳右衛門は、懸命に何かに耐えていた。

「よし。後は大番屋で詳しく聞かせて貰おう」

「大番屋で……」

徳右衛門は蒼ざめた。

「ああ……」

「さあ、旦那。一緒に来ていただきますぜ」

万蔵が促《うなが》した。

「お前さま……」

おみねが奥への入口から出て来た。

「おみね、心配はいらない」

「旦那さま……」

「清兵衛、後を頼みましたよ」

「は、はい……」

徳右衛門は、村上と万蔵に挟まれるようにして三河屋を出ようとした。

「お父っつぁん……」

おふみは飛び出した。

徳右衛門は立ち止まり、振り返った。

「おふみ、米問屋の若旦那との縁談は断るから安心しなさい。矢吹さま、おふみが御迷惑をお掛け致しました」

「いや……」

平八郎は思わず答えた。

徳右衛門は、村上と万蔵に連れられて行った。

清兵衛たち奉公人は、言葉もなく主を見送った。

「お前さま……」

おみねは眩暈《めまい》がしたのか、ふらりと倒れた。

「おっ母さん」

おふみが駆け寄った。

「お内儀さま」

清兵衛たち奉公人が慌てた。

「医者を呼べ。奥で寝かせるんだ」

平八郎は、奉公人たちに手早く指示をした。


おみねはただの眩暈だった。

暫《しばら》く休んでいると良い……。

医者はそう告げて帰った。

おふみの縁談。そして、毒酒と徳右衛門の大番屋への連行。

おみねは、次々と起こる出来事に心労が重なったのだ。

た。

「おっ母さん……」

おふみは、おみねに煎《せん》じ薬を飲ませた。

酒問屋『三河屋』は、番頭の清兵衛の采配《さいはい》の下に普段と変わらぬ商いに戻ってい

た。

「どうやら落ち着いたようだな」

平八郎はおふみに声を掛けた。

「お蔭さまで……」

おふみは沈んだ面持ちで頷いた。

「徳右衛門どのは、おふみと米問屋の若旦那の縁談を断ると申した。これで私の役目

も終わったようだ。世話になったな」

「平八郎さま……」

おふみは、縋《すが》る眼差しを平八郎に向けた。

「なんだ」

「父の様子を見てきていただけませんか」

「それは構わぬが……」

「矢吹さま、どうかお願い致します」

おみねは、平八郎に手を合わせた。

「分かりました。見てきましょう。それでお内儀、米造とやらをご存じですか」

米造は毒の入った酒を飲んで死んだ男だ。

徳右衛門はその名を聞いて顔色を変え、大番屋に連れていかれた。

米造とは何者なのだ。

平八郎は気になっていた。

「さあ、私も初めて聞いた名前でございまして……」

おみねは困惑を浮かべた。

「おふみは……」

「私も知りません」

おふみも首を捻った。

「そうか……」

いずれにしろ徳右衛門と米造は、何らかの関わりがある。

平八郎は窮屈な羽織を脱ぎ、茅場町《かやばちょう》の大番屋に向かった。大きい袴の裾《すそ》は、ばさばさと土埃を巻き上げた。

大番屋は容疑者や関係者を留置・取調べる処であり、江戸には七ヶ所あったとされる。

その一つである茅場町の大番屋は、日本橋が架かる日本橋川の南岸にあった。

徳右衛門は地理的に見て、神田須田町から茅場町の大番屋に連行されたはずだ。

平八郎は大通りを進んで日本橋を渡り、日本橋川沿いを下って南茅場町《みなみかやば》町の外れにある大番屋に着いた。

「あれ、平八郎さんじゃありませんか」

駒形の伊佐吉の下っ引、亀吉が大番屋から出て来た。

「おお、ちょうど良かった」

平八郎は亀吉を物陰に誘った。

「どうしたんです」

「亀吉、神田須田町の酒問屋の主……」

「三河屋の徳右衛門旦那ですかい」

亀吉は遮《さえぎ》った。

「うん。どうしている」

「どうしているって、南の村上の旦那と万蔵親分のきついお調べを受けていますよ」

「二人の調べ、きついのか」

「そりゃあもう。何かといったら石抱き、海老《えび》責めですよ」

石抱き、海老責めは拷問であり、滅多にすることではない。だが、村上はそれを簡単にするようだ。

「村上ってのは、そういう同心なのか」

「へい。万蔵親分も……。ま、二人とも余り評判のいい方じゃありませんよ」

亀吉は、徳右衛門に同情するような面持ちで頷いた。

「三河屋が卸した酒で、米造って奴が死んだって話、聞いているか」

「ええ。何だか分かったような分からないような妙な話ですよ」

「亀吉もそう思うか」

「そりゃあもう。問屋が小売屋に卸し、その酒を買って飲んだ人が死んだからって、問屋が疑われるのはどうも腑に落ちませんよ」

亀吉は口を尖《とが》らせた。

「伊佐吉親分、どう云っている」

「親分は、まだ何もご存じありませんよ」

「伊佐吉親分、何処にいる」

「駒形です」

伊佐吉は、駒形で鰻屋を営《いとな》んでいるのである。

「よし。行こう」

平八郎は伊佐吉に相談し、島帰りの米造の死を調べることにした。

おふみの〝縁談壊し〟は、思いも寄らぬ方向に進み始めた。

三

駒形町の鰻屋『駒形鰻』の店は、蒲焼の匂いと客で溢れていた。

岡っ引の伊佐吉は、平八郎から話を聞いて眉を顰めた。

「平八郎さん、酒を飲んで死んだ米造、島帰りだと仰《おつしや》いましたね」

「うん。三河屋の徳右衛門旦那は、米造と知り合いだそうでな。その名を聞き、僅かだが顔色を変えた」

「顔色を……」

伊佐吉の眼が鋭く光った。

「それで村上の旦那、三河屋の旦那を大番屋に引っ張ったんですか」

「とにかく米造ですね。三河屋の旦那とどんな関わりがあったのか。ちょいと調べてみますよ」

「どう思う、親分」

亀吉は納得した。

「おそらくな……」

「やってくれるか」

平八郎は喜んだ。

「ええ。その代わり、平八郎さんは三河屋の旦那の昔のことを調べて下さい」

「心得た。それで伊佐吉親分、三河屋の旦那の扱い、どうなるのかな」

平八郎は、村上同心の厳しい責めを心配した。

「あっしが懇意《こんい》にしていただいている与力の旦那に、一言釘を刺して貰いましょう」

「そうしてくれ。よろしく頼む」

平八郎は頭を下げた。

「それにしても平八郎さん。酒問屋の三河屋とどんな関わりがあるんですか」

平八郎は、おふみに雇われていたことを内緒にしていた。

「う、うん。ま、いろいろあってな……」

おふみの縁談を壊す為、平八郎は恋人を演じた。伊佐吉と亀吉が、その事を知れば大笑いをするのに決まっている。

平八郎は言葉を濁《にご》した。


酒問屋『三河屋』は、いつもより早く店仕舞いをした。

毒酒と主の徳右衛門の大番屋連行は、既に神田中の噂《うわさ》になっていた。

『三河屋』の前を行き交う人々は、眉を顰めて店を覗き、囁《ささや》き合った。そして、訪れる者は誰一人としていなくなった。

番頭の清兵衛たち奉公人は、大戸を降ろして店を閉めるしかなかった。


行燈《あんどん》の灯りは不安げに揺れた。

おふみ、おみね、そして清兵衛は、平八郎の話を聞き終えた。

「そうですか……」

「うん。とりあえず旦那の身に心配はあるまい」

平八郎は岡っ引の伊佐吉を通じて、南町奉行所の与力に頼んだことを告げた。

「ありがとうございました」

おみねは涙ぐみ、平八郎に礼を述べた。

「それでお内儀さん、一刻も早く旦那を大番屋から出すには、米造なる者の死の真相を摑《つか》むしかありません」

「はい……」

おみねは涙を拭《ぬぐ》い、頷いた。

「それ故《ゆえ》、訊《き》くのですが、旦那と米造は昔何らかの関わりがあった筈《はず》なのです。何か思い当たることはありませんか」

「それが皆目……。番頭さん」

「私も心当たりは何も……」

清兵衛は項垂《うなだ》れた。

「じゃあ、若い頃の旦那はどのような……」

酒問屋『三河屋』は四代続いた老舗であり、清兵衛は先代から奉公していた。

「お若い頃の旦那さまにございますか」

「ええ。どんなことでもいいんです」

「お若い頃の旦那さまは、ご多分に洩れず大店の放蕩《ほうとう》息子でして、そりゃあもう悪所通いも激しくて……」

「お父っつぁんが……」

　おふみは、意外な面持ちになった。

「はい。そして、お内儀さまとお知り合いになられてから、お変わりになられたのでございます」

「おっ母さんと知り合って変わった」

「はい。先代の大旦那さまが、お内儀さまと一緒になりたければ、心を入れ替えて家業に打ち込めと仰られまして……」

「変わったのですか」

「はい。まるで別人のように……」

　徳右衛門はおみねに惚れ、大店の馬鹿旦那からまっとうな男になったのだ。

「それじゃあ番頭さん。米造は旦那の若い頃の知り合いかも知れないんだな」

「はい」

「旦那は若い頃、何処《どこ》で遊んでいたか分かるか」

「さあ、何分にも古いことですし……」

「じゃあ、遊び仲間は……」

「確か、日本橋の呉服屋菱乃屋《ひしのや》の若旦那、今の旦那さまの友次郎《ともじろう》さんといつも御一緒だったと思います」

「日本橋の呉服屋菱乃屋の旦那ですか」

「はい……」

平八郎は明日にでも菱乃屋の主を訪ね、米造のことを訊いてみることにした。

「じゃあ……」

平八郎は『三河屋』の横手の戸口から表に出た。おふみが見送りに付いて来た。

人気《ひとけ》のない往来は、月明かりに青白く浮かんでいた。

「申し訳ありません。面倒なことに巻き込んでしまって……」

おふみは詫《わ》びた。

「いいえ。これも何かの縁です。気遣いは無用ですよ」

「じゃあ、これからも……」

おふみは、平八郎に縋る眼差しを向けた。

「ええ。そちらが構わなければね」

平八郎は微笑んだ。

「ありがとうございます。では、これからも一日一分で……」

「給金は二日分。もう二分、貰っているから暫くは無用ですよ」

「無用って……」

「銭金でやるつもりはありません。徳右衛門どのが無事に戻った時、極上の酒を一升いただければ結構ですよ。じゃあ、お休み」

平八郎は爽やかな笑顔を残し、夜の往来を昌平橋に向かって行った。

「お気をつけて……」

おふみは見送った。

いてくれて良かった……。

困り果てた時、平八郎がいてくれて良かった。

おふみの眼に涙が湧いた。

平八郎さま……。

おふみは、立ち去って行く平八郎の後ろ姿に手を合わせた。

行燈の灯りは、油がなくなってきたのか小さく揺れた。

「番頭さん。死んだ米造って人、まさかおふみの……」

おみねは怯《おび》えを浮かべた。

「お内儀さん……」

清兵衛は、おみねの言葉を遮《さえぎ》った。

「そんなこと、思っても考えてもいけません」

「そうだね。おふみは旦那さまと私のたった一人の子供だものね」

おみねは零《こぼ》れる涙を拭った。

「はい。おふみさまは、この三河屋のお嬢さまです」

清兵衛は鼻水を啜《すす》った。

行燈の灯りは不安げに瞬《またた》いた。


高窓から差し込む月明かりは、壁際にいる徳右衛門を仄《ほの》かに照らしていた。

死んだ米造は、徳右衛門を殺したいほど恨んでいたという。徳右衛門はそれを知り、先手を打って米造を葬った。

それが、南町奉行所同心村上兵庫の睨《にら》みだった。

徳右衛門に心当たりは皆目なかった。

伊豆《いず》大島に遠島になった米造が、江戸に戻っていたことすら知らなかった。

徳右衛門は、永代《えいたい》橋から流人船に乗って行く米造を思い出した。二十年も昔のことだった。

米造……。

同心の村上兵庫は、米造と自分が関わりがあると誰から聞いたのだろう。

村上にそれを告げた者が、米造を殺した下手人で自分を陥れたのかも知れない。

何が目的で……。

疑問が次々と湧いた。

その一つに、村上の取調べもあった。村上の取調べは思ったほど、厳しくはなかった。それが徳右衛門は気になった。

村上は秘密を知っているのかも知れない。

徳右衛門は不意にそう思った。

秘密……。

米造を殺した下手人は、秘密を利用して何かをしようとしている。

徳右衛門は微かな震えを覚えた。

死んだ米造は、神田佐久間町の古い裏店《うらだな》に住んでいた。

伊佐吉と亀吉は、米造の身辺を調べ始めた。

一年前、米造は運良く御赦免《ごしやめん》になり、江戸に戻って来た。そして、古い裏店に落ち着き、爪楊枝《つまようじ》作りを生業《なりわい》にして暮らし始めた。

真面目な働き者……。

米造の作る爪楊枝は出来が良く、評判も良かった。

毎日、裏店で爪楊枝を削る暮らしは、好きな酒を飲むだけを楽しみにさせたようだった。そして、米造は好きな酒を飲んで死んだ。

同心の村上兵庫と岡っ引の万蔵は、酒に毒が入っていたと知り、酒屋の『井筒屋』から酒問屋の『三河屋』に辿《たど》り着いた。そして、米造が生前、『三河屋』の主・徳右衛門を憎悪していたと知った。

無理がある……。

伊佐吉は、村上が徳右衛門を下手人と見立てたことに疑問を感じずにはいられなかった。

疑うのなら『三河屋』徳右衛門より、米造が酒を買った酒屋の『井筒屋』なのだ。

伊佐吉と亀吉は、神田佐久間町にある酒屋『井筒屋』に向かった。

酒屋『井筒屋』は、米造の暮らす裏店から遠くはなかった。『井筒屋』は丁稚《でっち》小僧が一人いるだけの小さな酒屋で、繁盛している様子はなかった。主の粂吉《くめきち》は、余り商いに熱心ではなく、毎晩のように賭場《とば》通いをしているとの噂だった。

伊佐吉は、亀吉に粂吉の身辺捜査を命じた。そして自分は、米造がどうして遠島の刑を科せられたのかを調べに、南町奉行所に向かった。


日本橋の呉服屋『菱乃屋』は、女客で華やかに賑わっていた。

平八郎は、花園に放置された安物の置物のような格好で、主の友次郎が来るのを待っていた。

若い娘客が行き交う度に、平八郎は芳しい香りに包まれた。

「矢吹さまにございますか……」

店の奥から主の友次郎が現れた。

「うん」

「お待たせ致しました。菱乃屋の主の友次郎にございますが、何か……」

友次郎は大店の主でありながら、粗末な身なりの浪人平八郎を侮《あなど》りはしなかった。

そこには、若い頃に放蕩を繰り返した友次郎の人柄が見えた。

「神田須田町の酒問屋三河屋の徳右衛門旦那を知っていますね」

「はい。若い頃からの知り合いですが」

友次郎は、怪訝な眼差しを平八郎に向けた。

「徳右衛門が何か……」

「実は、人を殺した疑いで大番屋に入れられた」

平八郎は囁《ささや》いた。

「えっ……」

友次郎は声をあげて驚いた。

「旦那……」

平八郎は慌てた。


庭に面した座敷は、日本橋であるのを忘れさせるほど静かだった。

友次郎は、徳右衛門が人殺しの疑いを掛けられていると知り、平八郎を慌てて奥に通した。

「それで矢吹さま。徳右衛門が人を殺したのはまことなのでしょうか」

友次郎は、真剣な顔を平八郎に向けた。その眼は、若い頃からの友を心配するものだった。

「いや。私にはそうは思えない。だから、こうしていろいろ訊いて歩いているのです」

「では、お内儀のおみねさんに頼まれて……」

「うん。娘のおふみさんにもな……」

「そうですか……」

友次郎は平八郎の素性を知り、安心したような吐息を洩らした。

「それで旦那、徳右衛門さんは米造と申す者を殺したと疑われているのだが」

「米造……」

友次郎は平八郎の言葉を遮った。

「ええ……」

「ひょっとしたら、島送りになった米造ですか」

「そうです。ご存じですか」

「はい。お恥ずかしい話ですが、手前も徳右衛門も若い頃、店の金を持ち出しては馬鹿な放蕩三昧《ざんまい》をしておりましてね。その頃の取り巻きの遊び人の一人です」

死んだ米造は、徳右衛門や友次郎たち大店の放蕩息子の取り巻きの一人だった。

「もっとも遊び人の米造たちが取り巻いたのは、手前どもではなく、店から持ち出した小判の方でしてね」

友次郎は苦笑した。

徳右衛門旦那と米造は、若い頃から関わりがあった。

「徳右衛門さんと米造の仲は如何《いかが》でした」

「決して悪くはなかったはずですよ」

「悪くなかった」

「ええ。徳右衛門が随分可愛がっておりましたから……」

「ですが、米造は徳右衛門さんを恨み、憎んでいたそうですよ」

「そんな……」

友次郎は言葉を失った。

米造が、可愛がってくれていた徳右衛門を憎み恨んだのは、遠島の刑を受けた事件にあるのかも知れない。

「米造、一体何を仕出かして島送りになったのですか」

「それなのですが。米造が島送りになった頃は、手前どもの放蕩も終わり、商いが面白くなっていましてね」

友次郎と徳右衛門は、米造たち遊び人との付き合いもなくなっていた。

「ですから手前は、米造が島送りになったのを噂《うわさ》で聞いたぐらいでして……」

友次郎は、米造が遠島になった罪を知らなかった。そこには、友次郎と米造の関わりの薄さがあった。

平八郎は、米造が遠島になった事件が気になった。

「米造のことを詳しく知っている者、知りませんか」

「当時、良くつるんでいたのは確か、粂吉だったかな」

「粂吉ですか……」

「ええ。若い頃は遊び人でしたが、今じゃあ酒屋を営んでいますよ」

「酒屋……」

「ええ……」

「まさか、神田佐久間町にある井筒屋では」

「井筒屋かどうかは知りませんが、神田佐久間町だと聞いています」

徳右衛門の取り巻きだった粂吉は、酒問屋『三河屋』から酒を仕入れ、米造に売った酒屋『井筒屋』の主なのだ。そして、粂吉は米造と徳右衛門の関わりを、同心の村上兵庫に教えたのに違いない。

米造殺しの鍵を握っているのは、酒屋『井筒屋』の主の粂吉なのだ。

平八郎は確信した。

南町奉行所の中庭は、日差しに溢れていた。

伊佐吉は庭先に控《ひか》え、吟味《ぎんみ》与力の高田文吾郎《たかだぶんごろう》が来るのを待っていた。

高田文吾郎は、伊佐吉の父親の代に与力となった。高田と伊佐吉の父親は気が合い、力を合わせて事件の解決に奔走した。そして今、高田は伊佐吉に何かと力を貸してくれている。

伊佐吉が、同心の村上兵庫に釘を刺すように頼んだ与力が高田だった。高田は伊佐吉の頼みを聞き、村上に拷問を禁じた。

「待たせたな、伊佐吉」

半白髪で風采《ふうさい》のあがらない初老の高田文吾郎が、一冊の仕置裁許帳《しおきさいきょちょう》を持って来た。

「いいえ……」

「分かったぞ。此処にこい」

高田は濡縁に座り、伊佐吉を呼んだ。

「へい……」

伊佐吉は濡縁に腰掛けた。

高田は、仕置裁許帳を開いて見せた。

「米造は二十年前、生まれたばかりの赤ん坊を放り出して、男と遊び歩く女房を手に掛けて遠島になっていた」

「女房を殺した……」

「ああ。ま、赤ん坊を放り出して男と遊び歩くような女房だ。殺されても文句は云えぬだろう」

「はあ……」

伊佐吉は、仕置裁許帳に眼を通した。裁許帳には、起こった事実が箇条書きにされているだけだった。その行間からは、米造が女房を手に掛けるまでの苦しみと、迷いや躊躇《ちゅうちょ》を窺うことは出来ない。

「それで高田さま、赤ん坊はどうなったのですか」

伊佐吉は眉を顰めた。

「うむ。儂《わし》もそれが気になったのだが、何処にも記されてはいないのだ」

「はあ……」

赤ん坊はどうしたのだ。

伊佐吉は気になった。

風が木々の梢《こずえ》を揺らして吹きぬけた。

酒屋『井筒屋』の店先には、丁稚が退屈そうに空き樽に腰掛けていた。

平八郎は物陰から『井筒屋』を窺った。

「平八郎の旦那……」

背後に亀吉が現れた。

「おお、亀吉……」

「どうしました」

「うん。いろいろ訊いて廻ったら、この井筒屋の亭主の粂吉が浮かんでな。そっちはどうした」

「あっしも親分の云いつけで、粂吉の身辺を調べていましてね」

伊佐吉も粂吉に眼を付けていた。

「そうか。で、粂吉は今、店にいるのか……」

「へい……」

平八郎と亀吉は、それぞれが得た情報を交換した。

四

大番屋の詮議場は薄暗く、板壁や筵《むしろ》が敷かれた土間には異様な匂いが滲《し》み込んでいた。

徳右衛門は筵に座り、村上の尋問を待っていた。

血と汗の匂いが、徳右衛門の鼻を衝《つ》いた。それが、板壁や土間に滲み込んでいる異様な匂いの正体だった。

「徳右衛門……」

板の間に腰掛けた村上が、冷たい眼差しで徳右衛門を見下ろしていた。

「はい……」

徳右衛門は村上を見上げた。その眼は、村上の腹の底を見抜こうと必死だった。

「米造を殺《や》ったのは、お前だな」

「違います」

「徳右衛門、何もかも白状して楽になったらどうだい」

岡っ引の万蔵が嘲笑《あざわら》った。

「手前は米造を殺《あや》めてはおりません」

「じゃあ、誰が殺したんだ」

「存じません」

徳右衛門は懸命に村上の真意を探した。

村上は鼻先で笑った。

「徳右衛門。二十年前、米造は女房を殺して島送りになった。その時、お前は米造から預かったものがあるそうだな」

激しい衝撃が、徳右衛門を突き上げた。

不意だった……。

村上の不意の斬り込みに、徳右衛門の顔から血の気が引いた。

村上は嘲笑を浮かべていた。

「村上さま……」

徳右衛門の喉は渇《かわ》き、引き攣《つ》った。

「徳右衛門、米造から預かったものが何か、世間に知られたくはないだろう」

南町奉行所同心村上兵庫は、『三河屋』の秘密を知っていた。

「そ、それは……」

徳右衛門は混乱した。

「落ち着け、徳右衛門……」

村上は残忍に笑った。

徳右衛門は村上に言われるまでもなく、懸命に落ち着こうとした。

「徳右衛門、お前は米造に預けたものを返せと云われ、争いになって酒に毒を仕込んで飲ませて殺した」

「ち、違う。違います」

徳右衛門は悲痛に叫んだ。額から汗が飛び散った。

「徳右衛門、どうしても違うと云うのか」

「はい」

「ならば、信じてやってもいい」

村上は云い放った。

「えっ……」

徳右衛門は戸惑った。

「それなりの見返りがあればな」

村上の顔に狡猾《こうかつ》さが湧いた。

金……。

村上は金を要求している。

徳右衛門は気が付いた。

村上兵庫は『三河屋』の秘密を嗅《か》ぎ付けて、金づるにしようとしているのだ。

徳右衛門は愕然《がくぜん》とした。

「ま、すぐに答えろとは云わぬ。仮牢でよく考えるのだな」

村上は座を立った。

「さ、旦那……」

万蔵は徳右衛門を促した。

徳右衛門は立ち上がった。だが次の瞬間、眼の前が暗くなって身体が揺れ、頬が土間の冷たさを感じた。

徳右衛門に記憶として残っているのは、そこまでだった。


日が暮れた。

酒屋『井筒屋』は大戸を閉めた。

平八郎と亀吉は、粂吉の動きを物陰で待った。

「平八郎さん、亀吉……」

伊佐吉がやって来た。

「親分……」

「粂吉はどうしている」

「今のところ、家に……」

亀吉は、大戸を閉めた酒屋『井筒屋』を示した。

「で、親分。米造がどうして島送りになったのか分かったか」

「はい。平八郎さんの方はどうでした」

「こっちもいろいろ分かったぞ」

平八郎と伊佐吉は、それぞれが摑んできた情報を交換した。

昔、徳右衛門と死んだ米造は遊び仲間だった。そして、二十年前に米造は淫蕩な女房を殺し、赤ん坊を残して島送りになった。

徳右衛門と呉服屋『菱乃屋』の友次郎の取り巻きには、遊び人の米造や粂吉がいた。

米造の赤ん坊がどうなったかは、南町奉行所の裁許帳に記されてはおらず、誰も知らない。

「それで平八郎さんは、すべての鍵を粂吉が握っていると……」

「うん。おそらく粂吉は、徳右衛門さんと米造の関わりなどを、同心の村上兵庫や岡っ引の万蔵に教えたのだろう」

「それで村上の旦那、三河屋の徳右衛門旦那を大番屋に引っ張りましたか……」

「違うかな……」

「いいえ。そんなところでしょう。ですが、分からないのは、村上の旦那、どうして小売りの井筒屋を跳び越えて、問屋の三河屋を疑ったかです」

「親分、そいつは徳右衛門旦那と米造が知り合いだったから……」

「亀吉、知り合いだったのは粂吉も同じだぜ」

「そうか……」

「親分、こいつは何か裏があるな」

平八郎は微かに苦笑した。

「きっと……」

伊佐吉は、厳しい面持ちで頷いた。

「親分……」

亀吉が緊張した声をあげた。

伊佐吉と平八郎は、『井筒屋』を見た。

『井筒屋』の潜り戸が開き、粂吉が辺りを窺いながら出て来た。そして、提灯も持たず、夜の御徒町通りを下谷に向かった。

「行くぜ」

伊佐吉と亀吉が尾行した。

平八郎が続いた。

御徒町通りの左右には、小旗本と御家人の屋敷が続いている。

粂吉は通い慣れているのか、夜道を足早に進んだ。そして、左に曲がって下谷広小路に向かった。

行き先は、下谷広小路か不忍池《しのばずのいけ》……。

平八郎たちは尾行した。

下谷広小路が見えてきた。だが、粂吉は広小路を通り抜けた。

行き先は、下谷広小路でも不忍池でもなかった。

下谷広小路を通り抜けた粂吉は、湯島天神裏門坂道に入った。やがて、湯島天神下の盛り場の灯りが見えてきた。

粂吉は、小料理屋『松の葉《まつは》』に入った。

平八郎たちは物陰から見送った。

「親分……」

「ああ……」

伊佐吉は舌打ちをした。

「松の葉か……。よし、どんな店か俺たちも入ってみよう」

平八郎は『松の葉』に向かおうとした。

「それには及びませんぜ」

伊佐吉が吐き棄てた。

「どうしてだ……」

平八郎は振り返った。

「松の葉は、万蔵が妾《めかけ》にやらせている店なんですよ」

「なんだと……」

粂吉は、岡っ引の万蔵と繋がっていた。それは、とりもなおさず同心の村上兵庫とも関わりがあるということだった。

「粂吉の野郎、村上や万蔵とつるんでいやがる」

伊佐吉は、憮然とした面持ちだった。

小料理屋『松の葉』に客はいなく、厚化粧の二人の酌婦が暇《ひま》を持て余していた。

粂吉は、女将である万蔵の妾のお蔦《つた》に奥の小座敷に案内された。

同心の村上兵庫と岡っ引の万蔵が、酒を飲んでいた。

「遅くなりまして……」

「まあ、飲め。万蔵……」

「へい。粂吉」

万蔵は、銚子を粂吉に差し出した。

「かたじけのうございます」

粂吉は猪口に満たされた酒を飲み、村上と万蔵に酌をした。

「それで村上の旦那。徳右衛門の奴は、うんと云ったんですか」

「間もなくだ」

「そうですか……」

「粂吉……」

「へい」

「三河屋の他に獲物はいねえのか」

村上は、狡猾な眼を粂吉に向けた。

「他に獲物ですか」

「ああ。日本橋の呉服屋なんかはどうだ。旦那は若い頃、徳右衛門と同じように放蕩息子だったんだろう」

「菱乃屋の友次郎ですか」

「ああ……」

「友次郎はどうですかねえ」

粂吉は渋い面持ちで首を捻った。

「粂吉、手前の米造殺し、誰が眼を瞑《つぶ》っていると思っているのだ」

村上は、猪口の酒を粂吉の顔に浴びせた。

「申し訳ありません」

粂吉は慌てて平伏した。顔から浴びせられた酒が滴《したた》り落ちた。


半刻が過ぎた。

小料理屋『松の葉』にも客が訪れ、酌婦たちの賑やかな笑い声が洩れていた。

戸が開き、粂吉がお蔦に送られて出て来た。

粂吉は来た道を戻り始めた。湯島天神裏門坂道を下りる足取りは、何故か重たかった。

粂吉が坂道を下りた時、行く手の闇から伊佐吉と亀吉が現れた。

粂吉は立ち止まり、不審気な顔を向けた。

「なんだい、お前たちは……」

「ちょいと訊きたいことがあってな」

粂吉は、伊佐吉と亀吉が本能的に敵だと気付き、慌てて身を翻《ひるがえ》した。刹那、背後に現れた平八郎が、粂吉を当て落とした。粂吉は眼を丸くし、尻餅をつくように崩れ落ちた。

不忍池の水面は月明かりに煌めき、鳥の鳴き声が甲高《かんだか》く響き渡った。

粂吉は意識を取り戻した。

伊佐吉と亀吉、そして平八郎が、粂吉の顔を覗き込んでいた。

粂吉は咄嗟《とっさ》に逃げようとした。だが、伊佐吉に背中を突き飛ばされ、顔から倒れ込んだ。

　土の味は苦かった。

「畜生、なんだ手前ら」

　粂吉は土混じりの唾を吐き、必死に虚勢を張った。

　平八郎は嘲笑を浮かべ、刀を抜き払った。

「な、なんだ……」

　粂吉は後退りし、怒りと怯えの入り混じった声で叫んだ。

「米造を殺したのは誰だ」

「知らねえ。そんな事、俺は何も知らねえ」

　粂吉の言葉を遮るように、閃光が顔の前を横薙《な》ぎに走った。

　粂吉が息を飲んだ。

　着物の胸元が真横に斬り裂かれ、肌に赤い糸のような血が滲《にじ》んだ。

　粂吉の全身から血の気が引いた。

「怒らせるな。怒らせると手元が狂う……」

　平八郎は無表情に告げた。

「やめろ。やめてくれ……」

粂吉は震えた。

平八郎は、構わず刀を閃《ひらめ》かした。

粂吉は思わず頭を抱え、恐怖に身を縮《ちぢ》めた。

刀が煌めき、刃風が短く鳴った。

髷《まげ》が斬り飛ばされ、鬢《びん》の毛が散った。

「助けて……」

粂吉は涙と鼻水にまみれ、身体を小さく縮めて助けを願った。

平八郎は小さく笑った。そこには、哀れみや蔑《さげす》みなどの感情は何も窺えなかった。

伊佐吉は平八郎の秘められた一面を知り、背筋に冷たいものを覚えた。

平八郎は月明かりに揺れ、刀を瞬かせた。

粂吉は恐怖にすすり泣いた。逃げも隠れも出来ず、頭を抱えてすすり泣くしかなかった。

「粂吉、止めて貰いたかったら、米造殺しの真相を話すんだな」

伊佐吉が助け舟を出した。

「米造を殺した。俺が鳥兜《とりかぶと》を入れた酒を飲ませて殺したんだ……」

粂吉はすすり泣いた。

「どうして殺した」

「邪魔をしようとしたからだ」

粂吉は鼻水を啜り、泣き声を震わせた。

「何の邪魔だ」

伊佐吉の尋問は続いた。

御赦免で江戸に帰って来た米造は、昔馴染みの粂吉を頼った。粂吉は米造の面倒を見た。だが、米造は次第に酒浸《びた》りになり、爪楊枝作りの仕事もしなくなった。そして、酒をたかり始めた。

粂吉は、米造が鬱陶《うっとう》しくなり、まっとうに働いて金を稼ぐことを勧めた。

「金か……。いざとなりゃあ三河屋の徳右衛門さまに用立てて貰うさ」

酒に酔った米造は、訳の分からないことを云った。

三河屋徳右衛門……。

昔、取り巻いた大店の放蕩息子であり、今は酒を仕入れている老舗酒問屋の旦那だ。

粂吉は金の匂いを嗅《か》いだ。

米造に酒を飲ませて酔わせ、三河屋徳右衛門がどうして金を用立ててくれるのかを訊いた。

強《したた》かに酔った米造は洩らした。

粂吉は三河屋の秘密を握った。

金づる……。

米造は慌てた。世間に知られてはならないことを洩らしてしまった自分を罵《ののし》り、憎悪した。そして、米造は粂吉に三河屋の秘密を忘れてくれと頼み、しつこく付き纏《まと》った。

米造がいる限り、三河屋から金を強請《ゆす》り取る企ては実行に移せない。

邪魔者……。

粂吉は米造を殺した。

だが、南町奉行所の同心村上兵庫と岡っ引の万蔵が、粂吉の前に大きく立ちはだかった。

粂吉は、米造殺しの下手人として追い詰められた。

逃れる手立ては、只《ただ》一つしかなかった。

粂吉は己《おのれ》の身の安全と、三河屋の秘密を取引きした。

村上と万蔵は、島帰りの米造殺しの真相より、三河屋を金づるにする方を選ぶのに躊躇《ためら》わなかった。

「そして、お前を跳び越え、三河屋の徳右衛門旦那を下手人に仕立て上げて大番屋に引っ張り、金づるにしようと脅しを掛けているんだな」

「ああ……」

粂吉は嗚咽《おえつ》を洩らし、掠《かす》れた声で頷いた。

「汚ねえ真似をしやがる」

伊佐吉は吐き棄てた。

「悪いのは同心の村上だ。村上が三河屋の娘の正体を……」

「黙れ」

平八郎の拳が遮った。

粂吉が顔を激しく歪め、弾け飛んだ。

三河屋の秘密は、一人娘のおふみが米造の子供だということだった。

淫蕩な女房を殺し、島送りになった米造の赤ん坊は、三河屋徳右衛門とおみね夫婦に秘密裏に引取られた。そして、三河屋の一人娘として育った。

その事実を知っていたのは、徳右衛門おみね夫婦と番頭の清兵衛。そして、実の父親の米造だけだったのだ。だが、米造が運良く御赦免になって江戸に戻り、事態は変わった。

平八郎は思い浮かべた。

おふみの屈託のない可愛い笑顔を……。

事実を知れば、おふみの可愛い笑顔は二度と見られなくなる。

何もかも闇の彼方《かなた》に葬るしかない。

平八郎は、密かに覚悟を決めた。

「平八郎さん……」

伊佐吉は平八郎の覚悟を読み、心配げな顔を向けた。

「伊佐吉親分、米造殺しはどうなる」

平八郎は先手を打った。

「粂吉が島帰りの米造に付き纏われ、思い余って毒を入れた酒を飲ませて殺した」

伊佐吉は事も無げに告げた。

「それだけか……」

「ええ。それだけです。それだけの方が、粂吉もお上のお情けに縋《すが》れます」

伊佐吉は、腑抜けのように蹲《うずくま》っている粂吉を示した。

「お上のお情け……」

粂吉が、縋る眼差しを伊佐吉に向けた。

「粂吉、余計な事を一言でも洩らせば、お前の命はない」

平八郎は静かに告げた。

「何処に隠れようが、何処に逃げようが、必ず探し出して斬る……」

粂吉に恐怖が蘇った。

「それが嘘じゃないって証拠、見せてやる」

平八郎は冷たく言い放った。

「平八郎さん……」

「伊佐吉親分、三河屋の徳右衛門さんを早く大番屋から出してやってくれ。じゃあ……」

平八郎は踵《きびす》を返し、不忍池の畔を立ち去った。

「親分……」

亀吉が、心配げに平八郎を見送った。

「亀吉、俺たちの仕事は何もかも終わったぜ」

魚が跳ねたのか、不忍池の水面が揺れ、波紋が静かに広がった。

湯島天神下の盛り場は、相変わらず賑わっていた。

小料理屋『松の葉』も、酌婦の嬌声と客の下卑《げび》た笑い声が溢れていた。

同心の村上兵庫と岡っ引の万蔵が、女将のお蔦に見送られて出て来た。

「お蔦、馳走になったな」

「いいえ」

「じゃあお蔦、辻駕籠《つじかご》を拾える明神下の通りまで、旦那をお送りしてくるぜ」

「はい」

村上と万蔵は、裏通りを明神下の通りに向かった。

「お気をつけて……」


裏通りは薄暗く、人影もまばらだった。

村上と万蔵は、古く短い石段を下りた。

黒い影が、行く手にゆらりと現れた。

村上は足を止めた。

「なんだ、お前さん」

万蔵が、十手を翳《かざ》して進み出た。

「待て」

村上が止めた。

刹那、黒い影は煌めきを放った。

煌めきは、万蔵の身体を真っ向から貫いた。

万蔵は声もなく膝から崩れ落ちた。

遅かった……。

村上は刀を抜き、構えた。

「俺を南町の同心と知っての狼藉《ろうぜき》か……」

黒い影は沈黙したまま進み出た。月明かりが黒い影を溶かした。

平八郎だった。

「お主、知らないでいいことを知ったようだ」

「手前……」

村上は、猛然と平八郎に斬り掛かった。

平八郎は村上の攻撃を見切り、無造作に刀を薙《な》いだ。

閃きが走り、村上の首が夜空に飛んだ。

首を失った身体から、血が霧のように噴き出した。

「お主は、知らなくていいことを知った……」

平八郎は暗がりに入り、黒い影となって闇に消えた。

首を失った身体が、血を振り撒きながら棒のように倒れた。


翌日、南町奉行所吟味与力高田文吾郎は、米造殺しの下手人を粂吉と断定し、『三河屋』徳右衛門を放免した。

同心の村上兵庫と岡っ引の万蔵の死は、南町奉行所を震撼《しんかん》させた。だが、村上と万蔵の身辺からは、調べれば調べる程、強請《ゆす》りたかりなどの悪事が露見した。慌てた南町奉行所は、二人の死を闇の彼方に葬り去った。


酒問屋『三河屋』は、以前のように繁盛し続けた。

おふみは、あれから何度か平八郎の長屋を訪れた。

だが、何故か平八郎は、神道無念流の道場『撃剣館』に泊まり込んで稽古に打ち込み、長屋を留守にしていた。

平八郎の一日一分の仕事は終わった。

第三話　厄介《やっかい》叔父

一

神田川水道橋の架け替え工事は、事故もなく順調に進んでいた。

架け替え工事の現場には、大工たちの他に日雇い人足たちも働いていた。一日二百文で雇われた人足の中には、口入屋『萬屋』の周旋で来た矢吹平八郎もいた。

平八郎は、同じような日雇い人足と護岸に使う石を運んでいた。

午《うま》の刻九つ（午後零時）。

平八郎たち人足は、人足請負いの親方から昼飯である二個の握り飯と汁を貰《もら》った。

勿論《もちろん》、握り飯と汁代は、日当の二百文から差し引かれる。

岸辺に座った平八郎は、神田川に架けられた懸樋《かけひ》を眺めながら汁を啜《すす》り、握り飯を食べた。

懸樋は、江戸市中に生活用水を送るもので神田川に架けられていた。

川風が心地良く吹き抜けた。

「良い気持ちだ」

隣りで握り飯を食べていた人足が、握り飯を手にしたまま心地良さそうに眼を瞑《つぶ》った。

人足は手拭《てぬぐい》で頰被《ほおかぶ》りをし、破れた笠を被っていた。

平八郎は、頰被りをした人足が他人の嫌がる厳しい仕事を率先してやっていたのを覚えていた。

頰被りの人足は、再び握り飯を食べ始めた。

平八郎は気付いた。

人足の髷《まげ》は武士のものだった。

「失礼だが、浪人ですか」

平八郎は尋ねた。

「ま、そんなものですか……」

頰被りの人足は苦笑し、握り飯を食べながら汁を啜った。

時はゆっくりと流れている。

平八郎はそう感じた。

申《さる》の刻七つ半（午後五時）。

その日の架け替え工事は終わった。

平八郎たち人足は、親方から昼飯代などを差し引いた日当を貰い、家路についた。

酉《とり》の刻六つ半（午後七時）。

長屋の井戸端で夕食の仕度をしていたおかみさんたちも家に入り、仕事から戻った亭主や子供と愉《たの》しげな笑い声をあげていた。

平八郎は井戸端で水を被り、僅《わず》かな金を握って居酒屋『花や』に向かった。

居酒屋『花や』は神田明神門前にあり、板前の貞吉《さだきち》と娘のおりんが営《いとな》んでいた。

平八郎は、居酒屋『花や』の暖簾《のれん》を潜った。

店内は既《すで》に客で溢《あふ》れ、平八郎は片隅にようやく空《あ》いている席を見つけた。

「すまんな。御免。通してくれ。すまぬ……」

平八郎は、肩を寄せて酒を飲んでいる客に詫《わ》びながら進み、空いている席に座った。

「いらっしゃい」

女将《おかみ》のおりんが、銚子と猪口《ちょこ》を持って来た。

「やあ……」

「遅かったのね」

おりんは、平八郎の猪口に酒を満たした。

平八郎は、満たされた酒を飲み干した。

「美味《うま》い……」

平八郎は、手酌で酒を飲み始めた。

「何か食べる」

「勿論だ。今夜は何がある」

「煮魚と焼き魚。あとは豆腐と野菜の煮付かしら」

「よし。煮魚と野菜の煮付を貰う」

「御飯は後にする」

「うん」

平八郎は手酌で酒を飲み、おりんは貞吉に注文を取次ぎに板場に入った。

愉しげな笑い声が、賑《にぎ》やかにあがった。

一日の仕事を終えた職人や人足、お店者たちが酒で疲れを癒《いや》している。

平八郎は微笑《ほほえ》み、手酌で酒を飲んだ。

戸が開き、二人の若い侍が入って来た。

若い侍の一人が、店が満員なのを見て取り、傍《そば》で酒を飲んでいた人足を乱暴に突き飛ばした。

「退《ど》け」

人足が倒れ、銚子や皿が派手な音をあげた。

溢れていた笑い声が止み、静まり返った。

「さっさと退け」

若い侍は、人足たちを怒鳴《どな》った。

人足たちは怯《おび》え、慌てて座を立った。

「おい、酒だ。酒を持って来い」

板場に怒鳴った若い侍は、浪人でも旗本御家人のようでもない。

主で板前の貞吉が、板場から店に出て来た。貞吉の顔には、怒りが滲《にじ》んでいた。

「お侍さん。うちは一日中仕事をして、ささやかな酒を愉しむお客さんの店なんだ。不粋《ぶすい》な客はお断りだぜ」

貞吉は厳しく言い放った。

「なんだと……」

二人の若い侍はいきり立ち、客を突き飛ばして貞吉に迫った。

「お父《と》っつぁん」

おりんが血相を変え、貞吉の袖を引いた。

だが、貞吉はおりんを振り払い、傍にあった銚子を逆手に握った。銚子から酒が零《こぼ》れ、飛び散った。

「親父、やる気か……」

二人の若い侍は、嘲《あざけ》りを浮かべて刀の柄を握った。

客たちは一斉に身を引いた。

貞吉が眼を吊《つ》り上げ、喉を鳴《な》らした。

おりんは、平八郎に救いを求めた。

「いい加減にするんだな」

平八郎は立ち上がった。

おりんが、安心したように貞吉を引き下げた。

「何だお主は……」

「この店の常連でな。御覧の通り店は満員だ。酒が飲みたければ他の店に行ってくれ」

平八郎は対峙《たいじ》した。

「おのれ……」

二人の若い侍は、今にも刀を抜かんばかりに身構えた。

大した腕ではない……。

平八郎は苦笑した。

二人の若い侍は、僅かに怯《ひる》んだ。

「何をしている」

新たな侍が現れ、二人の若い侍に厳しい声を掛けた。

「本間《ほんま》さん」

二人の若い侍は、本間と呼んだ侍の出現に微《かす》かな安堵《あんど》を見せた。

平八郎は、本間の顔を見て戸惑った。

本間は取り囲んでいる客の険《けわ》しさに、二人の若い侍の置かれた情況を察知した。

「何をした」

「混んでいるので、客を退かしたまでだ」

客の人足や職人が、口々に二人の若い侍の行状を非難した。

二人の若い侍はうろたえた。

「分かった。湯島の店に行け」

「本間さん……」

「いいから先に行っていろ」

本間の厳しい声に、二人の若い侍は店から出て行った。

「主はどなただ」

「あっしでさあ……」

貞吉とおりんが進み出た。

「迷惑を掛けた。すまぬ」

本間は貞吉に頭を下げた。

「皆にも詫びる。許してくれ」

本間は、客たちにも深々と頭を下げた。気負いも気取りもない素直な詫びだった。

「お侍、もう結構ですぜ」

貞吉が笑った。

「そうですよ。ねえ、みんな」

おりんの言葉に客は頷《うなず》き、再び愉しげに酒を飲み始めた。

「かたじけない」

「本間さんですか……」

平八郎は微笑み掛けた。

「お主には何と礼を申していいのか、下手《へた》をすれば腕や脚を叩き折られても文句は云えぬところだったのに、よく無事にすませてくれた。この通りだ」

本間は平八郎に頭を下げた。

「日雇い人足仲間です。もう頭は下げないで下さい」

「そう云っていただけると気が楽だ」

本間は笑った。屈託のない、明るい笑顔だった。

本間は、水道橋の架け替え工事で知り合った頬被りの日雇い人足だった。

「どうです。一杯」

平八郎は、本間を自分の席に招いた。

「う、うん。では、一杯だけ」

おりんが、新しい銚子と猪口を持ってきた。

「どうぞ」

本間と平八郎は、おりんの酌で酒を飲んだ。

「美味い……」

本間は顔をほころばせた。

「そうでしょう。此処の親父の選ぶ酒はなかなかのものです。私は矢吹平八郎。親の代からの浪人です」

　平八郎は、本間の猪口に酒を満たした。

「かたじけない。私は本間左馬之介《さまのすけ》。旗本の部屋住みです」

「旗本の部屋住み……」

「ええ。三十歳間近の部屋住みですよ」

　本間は薄く笑い、猪口の酒を飲んだ。

　先ほどの屈託のない笑いとは違い、微かに暗い影が過った。

「じゃあ、先ほどの二人も」

「ええ。旗本の部屋住みでしてね。仕事もなければ養子の口もない。絵師や医師になりたくても学ぶ金もなし。おまけに屋敷では邪魔者扱い……」

　本間は部屋住みの惨めさを笑い、酒を呷《あお》った。

「ま、だからといって、他人に迷惑を掛けてもいい訳ではありません。御馳走になりましたな。では……」

　本間は猪口を伏せ、刀を手にして座を立った。

「まだ、よいではありませんか」

「いえ。若い奴らが、また馬鹿な真似《まね》をしているかも知れませんのでな」

本間左馬之介は、若い部屋住みに慕《した》われている様子だった。

「そうですか」

「では又……」

平八郎は、本間を戸口まで見送った。

本間は平八郎に笑い掛け、湯島天神に向かって立ち去った。

平八郎は見送った。

「良い人ですね」

おりんが、平八郎の背後で見送っていた。

「うん」

三十歳間近の旗本の部屋住み……。

平八郎は、本間の屈託のない笑顔が気になった。


翌日、平八郎は水道橋の架け替え工事の現場に行った。だが、本間左馬之介は来ていなかった。

本間左馬之介が仕事を周旋して貰っている口入屋は、平八郎が世話になっている『萬屋』とは違う。

平八郎は、人足請負いの親方に本間左馬之介の口入屋を訊《き》いた。

内神田岩井《いわい》町の『丸屋《まるや》』が、本間左馬之介が世話になっている口入屋だった。

「本間左馬之介さんですか……」

口入屋『丸屋』の主は、問い返してきた。

「うん。旗本の部屋住みだと聞いたが、屋敷は何処《どこ》だ」

「さあ、存じません」

主は首を捻《ひね》った。

「知らぬ……」

「はい。本間さんは毎日来る訳じゃありませんでしてね。時々お見えになるだけで、詳しいことは何も……」

「そうか……」

ゆっくり酒を酌《く》み交わしたい……。

平八郎は少なからず落胆した。

小石川無量山傳通院《むりょうざんでんづういん》に続く安藤《あんどう》坂をあがり、安藤飛騨守《ひだのかみ》の江戸上屋敷を左に曲がると旗本屋敷が甍《いらか》を連ねている。

平八郎は、その中にある榊原家《さかきばら》の屋敷を訪れた。

屋敷の主・右京《うきょう》は、三百石取りの無役の旗本であり、平八郎が学ぶ神道無念流の兄弟子だった。


「こりゃあ平八郎さま」

榊原家の下男の新八《しんぱち》が、平八郎を迎えた。

「右京さんはいるかな」

「はい。お部屋の方に……」

「そうか、じゃあ庭先に廻ろう」

平八郎は式台にあがらず、庭先に廻った。


榊原右京は読んでいた書物を閉じ、濡縁に出て来た。

「御無沙汰いたしました」

平八郎は、庭先から右京に挨拶《あいさつ》をした。

「どうした平八郎。珍しいな……」

右京は微笑み、濡縁に座った。

子供の頃から病弱だった右京は、身体を鍛《きた》えるために神道無念流の剣を学んだ。右京は剣の道に天分があった。やがて、その力量は師匠岡田十松に並ぶと噂《うわさ》された。だが、右京は決して己《おのれ》の実力を見せることはなかった。そして、右京は平八郎を弟のように可愛がっていた。

「はい」

「で、何か困ったことでも出来たか」

「いえ。困ったことというより、ちょいと訊きたいことがありましてね」

「私の知っていることなら良いがな」

右京は微笑んだ。

「本間左馬之介って三十歳間近の旗本の部屋住み、ご存じですか」

「平八郎、私もたいがいの旗本を知っているが、部屋住みまではな」

右京は苦笑した。

「そうですか……」

平八郎は肩を落とした。

「その本間左馬之介。何故に探す」

「はあ。別に深い理由はないのですが、どうにも気になりまして……」

平八郎自身、どうして本間左馬之介が気になるのかよく分からない。強いて云えば、一緒に酒を飲みたいだけなのかも知れない。

「平八郎、まあ、あがるがよい」

「はあ……」

右京は座敷に戻った。平八郎は続いた。

座敷に入った右京は、旗本の武鑑《ぶかん》を平八郎に差し出した。

「旗本の武鑑だ」

「武鑑……」

武鑑には大名と旗本のものがあり、氏名・系譜・官位・知行高・邸宅・家紋・旗指物・家臣の名などが記された書である。

右京は、その武鑑の旗本版を平八郎に渡した。

「左様。そいつから本間家を探すんだな」

「はあ……」

武鑑は分厚く、細かい文字が溢れていた。

「右京さん……」

武鑑には、部屋住みの名までは記されてはいない。

「新八に酒と料理を仕度させる。今日は久し振りに夕餉《ゆうげ》を食べていくがよい」

右京は平八郎を残し、座敷を出て行った。

平八郎は、分厚い武鑑を前に吐息を洩《も》らした。

将軍家直参の旗本・御家人は、俗に八万騎とされているが、それは家来・奉公人までを入れた数であり、実際には三万ほどであった。

それにしても三万は多い……。

平八郎は、うんざりとした面持ちで武鑑を捲《めく》った。


西日が射し込み、植木の影が長く伸びた。

平八郎は筆を置き、大きく背伸びをした。

本間家は十数家あった。

平八郎は、本間左馬之介が内神田岩井町の口入屋に世話になっていたことから、住まいは神田一帯の何処かだと読んだ。十数家の内、屋敷が神田にある本間家は八家あった。

左馬之介の家は、この八つの本間家の中にある。

後は八つの本間家を調べるしかない……。

平八郎は、大の字になって大欠伸《おおあくび》をした。

「平八郎さま……」

廊下に新八がやって来た。

「おう……」

平八郎は身を起こした。

「旦那さまが、一息ついたのなら台所に来いとのことです」

「よし」

平八郎は、神田に屋敷のある八つの本間家の処を書いた紙を懐《ふところ》に入れ、右京の部屋を後にした。


三百石取りの旗本屋敷は、敷地四百余坪で屋敷は二百坪ほどである。

平八郎は、新八と共に台所に入った。

台所には美味《うま》そうな匂いが満ち溢れていた。

「ほう、美味そうな匂いですね」

囲炉裏《いろり》に掛けられた鍋が湯気をあげていた。

「うむ。鴨《かも》が手に入ったのでな。まあ、座れ」

鍋の傍《そば》にいた右京が、囲炉裏端を示した。

「鴨鍋ですか」

平八郎は嬉《うれ》しげに座った。

新八が酒を持って来た。

「新八、お前も相伴しなさい」

右京は、たった一人の若い奉公人に命じた。

「ありがとうございます。では、私が……」

新八は鍋の出来具合を見、給仕を始めた。

「では……」

平八郎は、右京の盃に酒を満たした。

右京も平八郎の盃に酒を注いだ。

「後は、いつもの通りに手酌だ」

「はい。では、いただきます」

右京と平八郎は酒を飲み、鴨鍋を食べ始めた。

「美味い……」

平八郎は思わず唸《うな》った。

「本当に美味しゅうございます」

新八は嬉しげに箸を動かした。

「新八、遠慮は無用だ」

「はい」

右京は、若い平八郎と新八の食べっぷりを愉しげに眺め、手酌で酒を飲んでいた。

平八郎と新八は、額に汗を滲ませて鴨鍋を食べた。

「それで平八郎。本間左馬之介、何か分かったか」

「それが、本間左馬之介は内神田は岩井町の口入屋に出入りしていましてね。それで左馬之介の屋敷も神田一帯にあると睨《にら》み、調べてみると本間家は八家ありました。明日から一軒ずつ調べてみます」

「平八郎、本間左馬之介は三十近いのだな」

「はい」

「剣の腕はどうだ」

「見たことはありませんが、かなり遣うかと思います」

平八郎は、『花や』で二人の若い侍を押さえた落ち着きを思い浮かべた。

「そうか……」

右京は盃を空けた。

「なにか……」

「うむ。神田の雉子《きじ》橋通小川丁に本間帯刀《たてわき》という八百石取りの旗本がいる。その家に中年の部屋住みがいるそうだ」

右京は、平八郎が旗本の武鑑を調べている間に、何処かで調べてきたのだ。

「雉子橋小川丁ですか……」

「うむ。その中年の部屋住み、剣もかなり遣うとのことだ」

平八郎は、懐から八軒の本間家の所書を記した紙を出した。

紙には、『本間帯刀、八百石、納戸頭。神田雉子橋小川丁』の文字があった。

「明日、行ってみます」

「そうしてみるのだな」

「はい。それにしても右京さん、何処で……」

右京は笑って答えず、手酌で酒を飲んだ。

いずれにしろ平八郎の食欲は、一段と増した。

「新八、鴨の肉をもっと入れろ」

平八郎と新八は、鴨鍋に飽きることはなかった。

右京は微笑み、静かに酒を飲み続けた。
深川仲町の岡場所は、華やかな明かりが溢れていた。
軒を連ねる女郎屋の張見世には、遊女が居並び、遊客が賑《にぎ》やかに品定めをしている。
本間左馬之介は、物陰から女郎屋『鶯屋《うぐいすや》』の張見世を見つめていた。
『鶯屋』の張見世には、数人の女郎が客の付くのを待っていた。
左馬之介は、思い詰めた眼差しで一人の女郎を見つめていた。
女郎はまだ慣れていないのか、奥まった処に座って身を硬くしていた。
遣手婆さんがその女郎に何事かを囁き、張見世から連れ出した。
客が付いたのだ。
「おたえ……」
左馬之介は、泣き出しそうに顔を歪《ゆが》めた。

二

本間帯刀の屋敷は、神田雉子橋小川丁にある。

平八郎は昌平橋を渡り、雉子橋小川丁に向かった。

本間帯刀の屋敷はあった。

平八郎は、周辺に本間家のことをそれとなく訊き歩いた。

本間家には、当主の帯刀と奥方、二人の息子と娘が一人。そして、帯刀の末弟で部屋住みの左馬之介がいた。

平八郎は本間屋敷を訪れた。

応対に出て来た家来は、浪人の平八郎に胡散《うさん》臭い眼差しを向けた。

「左馬之介さまですか」

「左様。おいでになりますか」

「少々、お待ち下さい」

家来が奥に入った。

平八郎は待った。

本間屋敷は薄暗く、冷えた気配が漂っていた。

やがて、帯刀の奥方が、取次ぎの家来を従えて現れた。

「本間帯刀の妻にございますが、左馬之介にどのような御用にございましょう」

帯刀の妻は、柳眉《りゅうび》を顰《ひそ》めて尋ねた。

「はあ……」

平八郎は戸惑った。御用は、と云われても大した用はない。

「ちょいとお逢いしたくて……」

平八郎は言葉を濁した。

「そうですか。左馬之介は只今留守にしております。どうぞ、お引取り下さい」

帯刀の妻は、平八郎にそれ程の価値はないと見て式台から去った。

「はあ……」

平八郎は啞然《あぜん》と見送った。

「お引取りを……」

家来は嘲笑を浮かべて告げた。

平八郎は、左馬之介の本間家での立場を知った。

本間屋敷出入りの魚屋は、平八郎の渡した小粒を握り締めた。

「本間さまのお屋敷ですかい……」

「うん。どんな風な家だ」

「そりゃあもう、御立派なお武家さまの……」

「魚屋、小粒を返して貰うぞ」

平八郎は遮った。

「旦那……」

魚屋は苦笑し、小粒を懐に入れた。

「正直なところを教えるんだな」

「嫌な家ですよ。格式ばって偉そうに。奉公人を人扱いしやがらねえ。奥方なんぞ、人間は殿様と子供の家族だけだと思っていますぜ」

「左馬之介って部屋住みがいる筈《はず》だが……」

「左馬之介の旦那は、あっしたちにも気軽に声を掛けてくれましてね。とってもいい人ですよ」

左馬之介の人となりが、ようやく垣間見えた。

「ですが、そのとってもいい人が仇《あだ》になっているというか……」

魚屋は眉を顰めた。

「どういうことだ」

「浮いちゃっているんですよ。お屋敷の中で……。奥方や子供も厄介者《やっかい》扱い。倅《せがれ》なんか陰で厄介叔父と呼んでいますよ」

「厄介叔父……」

武家は家督を継ぐ嫡男以外、次男三男は部屋住みと呼ばれる身になる。部屋住みは、他家の養子に行くか、婿入りするしかない。そうした口のない者は、飼い殺しの部屋住みでいるか、家を出て己の才覚で生きていくしかない。

部屋住みの身でいる左馬之介は、やがて当主になる兄の子にとって厄介な叔父でしかないのだ。

平八郎は、左馬之介の厳しく辛い立場を知った。

「おまけに、おたえさんも暇《ひま》をとっちまって、左馬之介の旦那もお気の毒ですよ」

「おたえさん……」

平八郎は聞き返した。

「へい。お屋敷の台所女中でしてね。左馬之介の旦那と良い仲だったんですよ。ですが、奥方が、不義はお家の御法度《ごはっと》などと抜かしやがって……」

「暇を出したのか」

「ええ。お武家なんて冷たいもんですぜ」

魚屋は、呆《あき》れたように吐き棄《す》てた。

左馬之介は何処にいるのか……。

平八郎は、左馬之介に思いを馳《は》せた。


翌朝早く、平八郎の家の腰高障子が叩かれた。

「誰だ」

平八郎は、蒲団の中から怒鳴った。

「亀吉です」

亀吉は、岡っ引の駒形の伊佐吉の下っ引を務めている男だった。

「おう。開いている。入ってくれ」

平八郎は蒲団を壁際に片付けた。

亀吉が飛び込んで来た。

「どうした」

「昨夜、御厩河岸の渡し場に土左衛門があがりましてね」

「土左衛門……」

平八郎は眠たげに顔を歪めた。

「へい。若い侍でしてね。袈裟懸《けさが》けにばっさりやられていました」

「そいつが、俺に関わりがあるのか」

「平八郎さん。この間、神田明神門前の花やで若い侍と揉《も》めましたね」

「ああ。まさか、その時の奴か……」

平八郎から眠気が失せた。

「野次馬の大工がそう云ったので、花やに行き、貞吉の親父さんに……」

貞吉は死体を見て、店で暴れた若い侍だと認めた。伊佐吉は事の顚末《てんまつ》を聞き、平八郎との関わりを知った。

「それで親分が、ちょいと来て欲しいと云っているんで……」

「分かった」

平八郎は寝巻きを脱ぎ棄て、井戸端で水を浴びた。

隅田川の御厩河岸は、公儀浅草御蔵の隣りにある。

浅草御蔵は五十万石の収蔵を誇り、関東一円の米を集めていた。

若い侍の死体は、御厩河岸の渡し場で見つかった。死体は既に木戸番小屋の土間に運ばれていた。

死体は、居酒屋『花や』で狼藉を働いた若い侍の一人だった。

「間違いありませんか……」

伊佐吉は平八郎に尋ねた。

「うん」

「名前は……」

「知らぬ」

若い侍とは、『花や』で睨み合っただけだった。

「じゃあ身許なんかも……」

「何も知らないよ」

「そうですか……」

伊佐吉は肩を落とした。

平八郎は若い侍の傷を検《あらた》めた。

左の肩口から右の脇腹にかけ、見事な袈裟懸けの一太刀だった。

平八郎は感心した。

「かなりの遣い手ですかい」

「ああ。かなりのものだ」

斬った者の剣の腕は、自分と五分かそれ以上……。

平八郎は僅かに緊張した。その時、不意に本間左馬之介の顔が過った。

「それで親分。下手人、何処の誰か見当がついているのか」

「仏さん、昨夜、湯島天神の辺りで酔っ払っていましてね。侍が一緒にいたそうです」

「あいつかな」

平八郎は、若い侍が二人連れだったのを思い出した。

「そいつの名前は……」

伊佐吉は身を乗り出した。

「分からん」

平八郎は首を横に振った。

本間左馬之介に訊けば分かるはずだ。だが、平八郎は、左馬之介を面倒に巻き込みたくなかった。

「親分……」

下っ引の長次《ちようじ》が、下男風の老爺を連れて来た。

「どうした」

「仏さんを……」

長次は老爺を示した。

老爺は怯えた眼で、筵《むしろ》を掛けられた死体を見つめていた。

伊佐吉は頷いた。

「じゃあ父《と》っつぁん、良く見てくれ」

長次は筵を捲った。

老爺は顔を引きつらせ、大きく震えて蹲《うずくま》った。

「新次郎《しんじろう》さま……」

老爺は声を絞り出し、死体に取り縋《すが》って泣き出した。

若い侍の身許が割れた。

「長次……」

「へい。下谷御徒町のお旗本、松川仙右衛門《まつかわせんえもん》さまの御次男新次郎さまだそうです」

下っ引の長次は、湯島天神門前の盛り場に若い侍の足取りを追っていた。そして、松川家の老下男善助《ぜんすけ》に出逢った。善助は、ここ数日屋敷に帰って来ない新次郎を探していた。

長次は、善助の探す新次郎が仏ではないかと思い、木戸番小屋に連れて来たのだ。

部屋住み……。

平八郎は、本間左馬之介を思い浮かべた。

松川新次郎は、部屋住み仲間と酒や博奕《ばくち》にうつつを抜かし、遊び廻っていた。

伊佐吉は、善助から新次郎が付き合っていた部屋住み仲間の名を聞き出した。

本郷《ほんごう》に屋敷を構える旗本高田《たかだ》家の三男幸之助《こうのすけ》……。

それが、新次郎の一番親しい部屋住み仲間の名前だった。

平八郎は、善助に高田幸之助の人相風体を尋ねた。高田幸之助は、新次郎と共に『花や』に来た若い侍だった。

平八郎は、善助の口から本間左馬之介の名が出なかったのに少なからず安堵した。

善助は御徒町の松川家に使いを走らせ、新次郎の遺体を運ぶ仕度を始めた。

「どうします、親分」

長次の顔に困惑が浮かんだ。

殺された松川新次郎は、部屋住みであっても旗本だ。旗本である限り、町奉行所の支配は受けない。つまり、伊佐吉たちは探索が出来ないのだ。

「どうするかは、下手人が何者か分かってからだ」

下手人は、新次郎を袈裟懸けの一太刀で斬り殺したことからみても町方の者ではなく、武士に間違いはない。武士となると、旗本御家人か諸藩の勤番武士。そして、浪人などがいる。

浪人ならば町奉行所の支配下となり、伊佐吉たちの探索も問題はない。探索を止めるのは、下手人の身分が分かってからでも遅くはない。

伊佐吉は、探索を続けることにした。

「親分……」

下っ引の亀吉が駆け込んできた。

亀吉は平八郎に報せた後、御厩河岸から上流の隅田川沿いに殺しの現場を探していた。

「今戸橋の橋詰に、かなりの血が飛び散っていました」

松川新次郎が斬られ、隅田川に放り込まれた現場は今戸橋なのか。

「よし、今戸橋に行ってみよう。長次、お前は高田幸之助さんだ」

「へい」

「よし。俺も一緒に行こう」

平八郎は、長次と一緒に本郷にある高田幸之助の屋敷に行くことにした。

御厩河岸から本郷は遠くない。

平八郎と長次は、三味線堀《しゃみせんぼり》の傍を抜けて本郷に急いだ。


高田幸之助の屋敷は、本郷北の天神真光寺《てんじんしんこうじ》の裏手にあった。

三百石取りの高田家の屋敷は、四百坪ほどの敷地に建っていた。

平八郎と長次は、高田屋敷の周囲にそれとなく聞き込みを掛け、幸之助の人となりを調べた。

高田家には家督を継ぐ嫡男がおり、次男は他家の養子にいっていた、そして、三男の幸之助が部屋住みとしていた。

幸之助に高田家を出る気はなく、死ぬまで部屋住みとしてしがみついてやると嘯《うそぶ》いていた。

父親、長兄、そして長兄の倅……。

厄介者の部屋住みとして高田家に喰《く》らいつき、面白おかしく生きるつもりなのだ。

幸之助は開き直っている。

平八郎は、幸之助が哀れに思えた。

「平八郎さん……」

長次が声を潜めた。

高田屋敷から若い侍が出て来た。

殺された松川新次郎と一緒にいた若い侍だった。

「奴が高田幸之助だ」

平八郎は長次に告げた。

高田幸之助は、湯島天神に向かった。

平八郎と長次は追った。


今戸橋は、隅田川と合流する山谷《さんや》堀に架かっている。

血はその橋詰に飛び散り、どす黒く変色していた。そして、争った痕跡が、橋詰から隅田川に続いていた。

「間違いないな」

伊佐吉は、そこを松川新次郎が斬られた現場だと断定した。

伊佐吉は周囲を見廻した。

山谷堀の傍には日本堤《にほんづつみ》があり、幕府公認の遊里である新吉原に続いている。

新吉原の大門が閉まるのは、亥《い》の刻四つ（午後十時）。だが、大門脇の木戸が閉められ、新吉原が本当に閉まるのは、それから一刻後の子《ね》の刻九つ（午前零時）だ。それまで、日本堤には人通りがあり、今戸橋の船着場は新吉原帰りの遊客で賑わう。

松川新次郎が斬られたのは、おそらくそうした遊客が途絶えた子の刻過ぎなのだ。

目撃者を探すのは難しい……。

伊佐吉は、吐息を洩らした。

湯島天神門前の盛り場には、昼間から酒を飲ませる店がある。

高田幸之助はそうした居酒屋に入り、酒を飲んでいた浪人や部屋住みたちの輪に入った。

「平八郎さん、ちょいと潜り込んできますよ」

長次は端折《はしょ》った着物の裾を下ろし、居酒屋に入った。

平八郎は、居酒屋の戸口の見える処に潜み、見守った。

小半刻が過ぎ、居酒屋から長次が出て来た。

「どうだった」

「高田の幸之助さん、人を集めていますよ」

長次は、胡散《うさん》臭げに眉を顰めた。

「人を……」

「ええ。新次郎の無念を晴らすって……」

高田幸之助は剣の腕の立つ者を集め、松川新次郎の恨みを晴らす気なのだ。

「じゃあ、新次郎を斬った下手人を知っているな」

「おそらく……」

長次は頷いた。

高田幸之助は人を集め、松川新次郎を斬った下手人の処に行く……。

平八郎と長次は、高田幸之助の見張りを続けた。


新吉原は昼見世の時刻となり、清掻《すががき》が華やかに鳴り響いていた。

伊佐吉と亀吉は、新吉原の大門の前で客待ちをしている辻駕籠《かご》の駕籠舁《か》きたちに聞き込みを掛けた。

伊佐吉と亀吉は、木戸から最後に出た遊客を乗せた駕籠舁きを見つけた。

「浅草広小路のお店の旦那でしてね。随分とご機嫌で、酒手をはずんで貰いましたよ」

「それで、日本堤を今戸に抜けたんだな」

「へい」

「その時、何か変わった事はなかったかな」

「変わった事って別に、なあ……」

駕籠舁きは、相棒に同意を求めた。

「うん。日本堤で因業《いんごう》金貸しの久兵衛《きゅうべえ》と用心棒の侍を追い抜いたぐらいで、別に何もなかったな」

「金貸しの久兵衛だと……」

伊佐吉の勘が微かに働いた。

「花川戸に住んでいる金貸しで、厳しい取り立てで評判の悪い金貸しですよ」

亀吉は、久兵衛を知っていた。

「その金貸し久兵衛が、用心棒を連れて歩いていたのかい」

「ええ……」

「その久兵衛と用心棒の後に、吉原帰りの客はいなかったのか」

「へい。あっしたちが乗せた旦那が最後です」

「空駕籠で帰らなきゃあならねえかと覚悟した時、木戸から出てきましてね。旦那が出た後すぐ、木戸は四郎兵衛番所《しろべえばんしょ》の男衆が閉めましたよ」

辻駕籠は、その金貸し久兵衛と用心棒を日本堤で追い抜いた。

新吉原から日本堤を抜けて今戸橋に出た最後の客は、金貸し久兵衛と用心棒だった。

伊佐吉と亀吉は、花川戸の金貸し久兵衛の家に向かった。


高田幸之助は、湯島天神門前の居酒屋で腕の立つ浪人や部屋住みを集めていた。

平八郎と長次は監視を続けた。

やがて、幸之助と一緒にいた浪人の一人が、居酒屋を出た。

「どうします」

長次は眉を顰めた。

「俺が尾行《つけ》てみるよ」

平八郎は幸之助を長次に任せ、浪人を追った。

居酒屋を出た浪人は、不忍池の傍を抜けて浅草に向かった。

「何処に行く気なのだ」

平八郎は慎重に尾行した。

浅草広小路に出た浪人は、隅田川沿いの花川戸の町に入った。

花川戸町の金貸し久兵衛の家は、黒塀で囲まれていた。

久兵衛は老妻と二人家族であり、女中の三人で暮らしていた。そして、数人の取り立て屋を使って厳しい取り立てをし、血も涙も無い因業金貸しとの評判だった。

久兵衛は恨みを買い、命を狙われている。

用心棒はその為のものなのだ。

久兵衛は用心棒を雇い、花川戸の家に住まわせて身辺を警護させていた。

「命を狙われていても、吉原遊びか……」

伊佐吉は苦笑した。

三

花川戸の町には、隅田川からの川風が吹き抜けていた。

浪人は黒塀で囲まれた家の前に佇《たたず》み、様子を窺った。

誰の家なのだ……。

平八郎は、浪人の動きを見守った。

「平八郎さん……」

背後から伊佐吉の声がした。

「親分……」

伊佐吉と亀吉が、怪訝な面持ちで平八郎に近寄って来た。

「どうしたんです」

「あの浪人を追って来た」

平八郎は、黒塀で囲まれた家の様子を窺っている浪人を示した。

「誰です」

「高田幸之助の仲間だよ。それより親分は何をしているんだ」

「あの家を……」

伊佐吉は、浪人が様子を窺っている黒塀に囲まれた家を示した。

「何者の家だ」

「金貸し久兵衛の家ですよ」

「金貸し……」

「評判の悪い因業金貸しでしてね。昨夜、松川新次郎さんが斬られた頃、用心棒と今戸橋を通っているのです」

「用心棒……」

平八郎は眉を顰めた。

「ええ。それに、高田幸之助の仲間の浪人ですか。何だか道具立てが揃ってきましたね」

伊佐吉は、鼻先で小さく笑った。

浪人は物陰に潜み、久兵衛の家を見張り始めた。

平八郎は、高田幸之助が腕の立つ者を集めて、松川新次郎の無念を晴らそうとしている事を伊佐吉と亀吉に教えた。

「それで、仲間の浪人が金貸し久兵衛の家を見張りに来ましたか」

「うん。松川新次郎を斬ったのは、久兵衛の用心棒なのかも知れぬ」

平八郎は読んだ。

「きっとね……」

伊佐吉は頷いた。

陽は西に傾き始めた。

黒塀で囲まれた家の格子戸が開いた。

浪人は素早く身を隠した。

平八郎と伊佐吉、そして亀吉は油断なく見守った。

家から用心棒らしき侍が現れ、辺りの様子を窺った。

衝撃が平八郎を貫いた。

用心棒は家の中に振り向いた。金貸し久兵衛が、満面に警戒の色を浮かべて出て来た。

「あいつが金貸し久兵衛ですぜ」

亀吉が囁いた。

久兵衛と用心棒は、浅草広小路に向かった。

物陰にいた浪人が追った。

「平八郎さん……」

伊佐吉と亀吉が、尾行を開始した。

平八郎が慌てて続いた。

「どうかしましたか」

伊佐吉は怪訝な眼差しを向けた。

「いや……」

平八郎は言葉を濁した。

久兵衛は、怯えているのか足早に進んだ。

用心棒は辺りを警戒し、落ち着いた足取りで続いていた。

用心棒は本間左馬之介だった。

平八郎は、意外な成り行きに動揺せずにはいられなかった。

久兵衛と左馬之介は下谷を抜け、不忍池の畔の料亭『水月《すいげつ》』に入った。

浪人はそれを確認し、湯島天神裏の切り通しに走った。おそらく、高田幸之助に報せに行ったのだ。

「亀吉……」

「へい」

亀吉が、浪人を追った。

「どうする親分」

「久兵衛が何をするのか見定めましょう」

伊佐吉は事も無げに云った。

「そんなこと、出来るのか……」

「ええ。水月の女将さんは、お袋の幼馴染《おさななじみ》でしてね」

伊佐吉は苦笑し、『水月』の裏口に廻った。

料亭『水月』の女将おこうは、伊佐吉と平八郎を座敷に案内した。

「久兵衛さんの座敷は押し入れの向こう、下手な真似はするんじゃあないよ」

おこうは、伊佐吉に囁いた。

「ああ。すまねえな、おばさん」

「仕方がないさ。おとよちゃんの倅《せがれ》だもの。じゃあね」

おこうは座敷から出て行った。

伊佐吉は押し入れの襖を開け、蒲団を引きずり出して中に這《は》い入り込んだ。平八郎が続いた。

押し入れの壁に耳をつけ、久兵衛たちのいる隣りの座敷を窺った。

久兵衛と初老の男の声が、微かに聞こえた。

「二百両ですか……」

「この通りだ、久兵衛さん。どうか、二百両貸してはいただけないか。お願いだ」

「山城屋《やましろや》さん、貸してもいいが、利息は月一割で期限は一年。それで宜《よろ》しければ

「……」

「月一割で一年……」

「そいつが嫌なら……」

「いや、結構だ。それで結構です」

山城屋と呼ばれた初老の男は、焦《あせ》りを含んだ声をあげた。

どうやら山城屋というお店の旦那が、久兵衛に二百両の借金を申し入れているのだ。

平八郎と伊佐吉は、押入れから這《は》い出た。

庭に差し込んでいた西日は消え、既に暗い夜に変わっていた。

湯島天神門前の盛り場に明かりが灯った。

浪人が、高田幸之助のいる居酒屋に駆け戻って来た。

長次は、追って行った平八郎が戻らないのが気になった。

「長次の兄い……」

亀吉が現れた。

「おう。どうした」

亀吉は、長次に事の次第を手短に話した。

居酒屋が慌ただしくなった。

長次と亀吉は物陰に潜み、高田幸之助の動きを見守った。やがて、高田幸之助が、浪人たちを従えて居酒屋を出た。

長次と亀吉は追った。

「きっと不忍池の水月に行く気ですぜ」

亀吉が睨んだ。

「よし。先に行って親分に報せろ」

「合点だ」

亀吉は夜の裏路地に走った。


伊佐吉と平八郎は、女将のおこうに礼を述べて料亭『水月』を出た。

山城屋の初老の主は二百両を借り、借用証文を書いて帰って行った。

平八郎と伊佐吉は、料亭『水月』の表に潜んで久兵衛と左馬之介が出て来るのを待った。

「親分……」

亀吉が、息を鳴らして駆け寄って来た。

「どうした」

「へい。例の浪人が、高田幸之助たちを連れて来ます」

「なんだと……」

平八郎は緊張した。

「どうします、平八郎さん」

今、本間左馬之介と高田幸之助たちを闘わせてはならない。

平八郎はそう判断した。

「久兵衛と用心棒を逃がす」

「分かりました。じゃあ、急いで下さい」

伊佐吉にしても、松川新次郎殺しの真相を摑《つか》むまで無用な騒ぎは起こしたくなかった。

平八郎は、料亭『水月』に走った。

久兵衛と左馬之介は、『水月』の店土間に下りておこうたちに見送られて帰るところだった。

左馬之介は、平八郎を見て驚いた。

「左馬之介さん、高田幸之助たちが来る。早く逃げて下さい」

「お主……」

左馬之介は言葉を飲んだ。

「詳しい話は後です。さっ、早く」

平八郎は急かした。

「分かった。久兵衛、聞いての通りだ。行くぞ」

左馬之介は、久兵衛を連れて『水月』を出た。

伊佐吉は亀吉に後を追わせた。

平八郎と伊佐吉は、『水月』の店土間脇の下足場に潜んだ。

「大丈夫かい、伊佐吉ちゃん」

女将のおこうが心配そうに云った。

「おばさん、いざとなったら俺たちが始末する。だから、久兵衛たちはとっくに帰ったとありのままを云ってくれ」

「分かったよ」

おこうは、若い頃から料亭の女将として生きて来た女だ。度胸は座っている。

男たちの足音が駆け寄って来た。

平八郎と伊佐吉は、下足場に潜んで事態を見守った。

高田幸之助と浪人たちが、息を鳴らして駆け込んで来た。

「女将、女将はいるか」

高田幸之助は怒鳴った。

帳場からおこうが現れた。

「いらっしゃいませ。私が女将ですが、何か御用にございますか」

おこうは落ち着いていた。

「金貸し久兵衛と用心棒がいる筈だ。案内しろ」

高田幸之助は、土足で店に上がろうとした。

「何をするんです」

おこうが厳しく咎《とが》めた。

幸之助は思わず怯み、足を下ろした。

「料理屋に土足で上がろうなんて、何処のどなたさまだい。久兵衛さんと用心棒は、とっくにお帰りになったよ」

おこうは、片膝を着いて言い放った。

「ま、まことか」

幸之助は戸惑った。

「ああ。信用出来ないって云うのなら、家探しでも何でもするがいいよ。でもね、今夜は御公儀のお偉い方もお見えだよ。くれぐれも粗相のないようにしておくれよ」

「高田……」

浪人が怯み、幸之助の袖を引いた。

「くそ。遅かったか」

幸之助は吐き棄てた。そして、おこうに詫びも云わずに『水月』を後にした。浪人たちが続いた。

おこうはその場に座り、吐息を洩らした。

「おばさん、見事だったぜ」

伊佐吉と平八郎は、幸之助たちを追って表に出た。

「誰か塩を持って来ておくれ」

おこうは奥に叫んだ。

伊佐吉と平八郎は、幸之助たちの行方を見定めようとした。長次の後ろ姿が、湯島天神への道に見えた。

「長次ですよ」

伊佐吉は小さく笑った。

長次の前には、高田幸之助と浪人たちがいる筈だ。

「抜かりはないか……」

平八郎は感心した。

長次による高田幸之助への尾行は、粘り強く続けられている。

「おそらく今夜は、もう動かないでしょう」

伊佐吉は読んだ。

「うん……」

高田幸之助たちは、湯島天神門前の居酒屋に戻るだろう。

「それで、私たちはどうします」

伊佐吉が促した。

「花川戸に行ってみよう」

「いいでしょう」

平八郎と伊佐吉は、花川戸に向かった。

「さて、何もかも話していただきましょうか」

伊佐吉の眼が僅かに光った。

「久兵衛の用心棒、お知り合いなんですね」

「う、うん……」

平八郎は、本間左馬之介と知り合った経緯と、松川新次郎斬殺への睨みを教えた。


金貸し久兵衛の家は静まり返っていた。

平八郎と伊佐吉は、暗がり伝いに久兵衛の家に近付いた。

「親分……」

亀吉が近寄って来た。

「久兵衛と用心棒、家に戻りましたよ」

「そうか……」

伊佐吉は頷いた。

「それから……」

亀吉は久兵衛の家を示した。

黒塀に囲まれた久兵衛の家の前に、男が一人佇んでいた。

本間左馬之介だった。

「亀吉……」

平八郎は眉を顰めた。

「戻ってからずっと……」

左馬之介は久兵衛を家に入れた後、表に佇んでいた。

「高田たちが来るのを、待ち構えているんですかね」

伊佐吉が、左馬之介の動きを読んだ。

「いや。違うだろう」

平八郎は否定した。

「違う」

「きっと俺を待っているんだよ」

平八郎はそう感じた。

「平八郎さん……」

「うん……」

平八郎は暗がりを出た。

左馬之介は、平八郎に視線を送って来た。静かな落ち着いた視線だった。

「やはり来ましたか」

左馬之介は微笑んだ。

「ええ……」

左馬之介は、やはり平八郎を待っていた。

「矢吹どのは、お上の御用を承っているのですか」

「いいえ。友人が岡っ引でしてね。時々手伝っているだけです」

「友人ですか……」

「ええ……」

「いいですね。私もさっさと家を出て、浪人すれば良かった」

左馬之介は片頰を歪め、淋《さび》しげな笑みを浮かべた。

「構わなければ、話を聞かせて貰えますか」

「うむ。だが……」

左馬之介は、久兵衛の家を気にした。

「心配ありませんよ。万一、奴らが来たらすぐに報せてくれますよ」

平八郎は、暗がりにいる伊佐吉と亀吉を示した。

「分かった」

左馬之介は苦笑した。

夜の隅田川には、屋根船が船行燈を揺らしながら行き交い、三味線の音色が漂っていた。

「……松川新次郎を斬ったのは、本間さんですか」

平八郎は単刀直入に訊いた。

「ああ……」

左馬之介は頷いた。

「何故、斬ったんです」

「久兵衛を襲い、金を奪おうとしたからだ」

「辻強盗ですか……」

「ああ。高田幸之助と一緒にな」

松川新次郎と高田幸之助は、久兵衛から金を借りていた。だが、厳しい取り立てにあっても返す金はなかった。追い詰められた二人は、久兵衛を殺して金を奪おうと企んだ。

左馬之介はそれを知り、久兵衛に報せた。

「何故、報せたのですか」

「金が欲しかったからだ……」

「金……」

「ああ。久兵衛は報せてくれた礼だと一両くれた。そして、二十両で用心棒になってくれと頼まれた」

「二十両……」

「平八郎どの。本間の屋敷に女中奉公していた女が、親の薬代が欲しくて深川の女郎屋に身売りしてな」

左馬之介は、哀しげに隅田川を眺めた。川風が、左馬之介の鬢のほつれ毛を揺らした。

身売りした女は、本間屋敷の台所女中であり、左馬之介と恋仲だったおたえなのだ。

「身請けの金ですか……」

左馬之介は頷いた。

「久兵衛の用心棒になるしかなかった」

「そうでしたか……」

「だが、新次郎を斬る気はなかった……」

「見事な袈裟懸けの一太刀でした」

「止めろと云った。夢中で何度も云った。だが、気が付いた時……」

斬ってしまっていた……。

左馬之介は呟いた。

相棒の高田幸之助は、新次郎が斬られたのを見て逃げ去った。

「何故、お上に届け出なかったのです」

「部屋住み仲間の新次郎を辻強盗にしたくなかった。それに、久兵衛が表沙汰になるのを嫌がった」

「それで、隅田川に流したのですか……」

「ああ……」

だが、新次郎の死体は、御厩河岸の船着場に引っ掛かり、発見された。

左馬之介には、言い訳じみた言葉や昂《たかぶ》りはなかった。

「身請け、どうなりました」

「今すぐにでも身請けしたいのだが……」

左馬之介は焦《あせ》りを滲ませた。

「まだなのですか」

「うむ」

久兵衛を恨んでいる者は、高田たちだけじゃない。用心棒の仕事は、昼夜を問わず忙しかった。

左馬之介は焦らずにはいられなかった。

おたえが、見知らぬ男に抱かれているかと思うと、たまらなく辛かった。

一刻も早く身請けしなければならない……。

左馬之介は身悶《みもだ》えた。

「身請けが、無事に終わったらどうします」

平八郎は、厳しい面持ちで尋ねた。

如何に、松川新次郎が旗本の部屋住みであり、久兵衛が嫌がるにしても、人殺しは人殺しなのだ。

「黙っていて済むことじゃありませんよ」

「分かっている。おたえさえ自由の身になれば……」

左馬之介の顔が苦しげに歪んだ。

平八郎は、左馬之介の辛さと哀しさを思いやった。

「じゃあ、明日は私が久兵衛の用心棒をしましょう」

平八郎は告げた。

「平八郎どの……」

左馬之介は驚いた。

「ですから、身請けをしに行って下さい」

平八郎は微笑んだ。

「かたじけない……」

左馬之介の声が涙に滲んだ。

隅田川に映える灯りが揺れた。

四

松川新次郎を斬り殺した下手人は、本間左馬之介だった。

平八郎は、伊佐吉に経緯を説明した。

「分かりました。いくら辻強盗でも、殺したのも殺されたのも旗本の部屋住み同士。あっしたちに出来る事は、町奉行所の与力や同心の旦那にお報せするぐらいしかありません」

伊佐吉は苦笑した。

報せを受けた与力や同心が、それを評定所に何時どう告げるかは分からない。

「済まん」

平八郎は頭を下げた。

「いいえ。それで平八郎さん、あっしたちはどうしますか」

「出来るものなら、明日一日、目を瞑っていてくれ」

「お安い御用ですよ」

伊佐吉は引き受けた。


金貸し久兵衛は、疑り深い眼差しを平八郎に向けた。

「久兵衛どの、明日一日だけだ。平八郎どのは、私より剣の腕もすぐれて頼りになる男ですぞ」

「そうですか……」

「うむ。それに水月でも危険を報せてくれたではないか」

「そりゃあそうですが……」

「頼む、久兵衛どの。この通りだ」

左馬之介は久兵衛に頭を下げた。

「久兵衛どの、私からも頼む。明日一日、左馬之介さんに暇《ひま》をやってくれ」

平八郎も久兵衛に頼んだ。

「仕方がないね。明日一日ですよ」

久兵衛は不服げに頷いた。


翌日、平八郎は左馬之介に代わり、久兵衛の用心棒を務めた。

左馬之介は、用心棒代の二十両と貯めていた金を握り締め、深川の岡場所に急いだ。


浅草花川戸から深川に行くには、吾妻《あずま》橋を渡って本所《ほんじょ》に入り、隅田川沿いを下流に行けばよい。

両国橋の橋詰を過ぎ、本所竪川《たてかわ》と小名木川《おなぎがわ》。そして、仙台《せんだい》堀を渡れば深川だ。

左馬之介は先を急いだ。

両国橋の向こう広小路を抜け、本所竪川一つ目橋を渡った。

その時、左馬之介は先を急ぐ余り、竪川を来る猪牙舟に高田幸之助の部屋住み仲間が乗っているのに気付かなかった。

「本間左馬之介……」

部屋住み仲間は、猪牙舟の船頭に隅田川から神田川昌平橋に行くように命じた。

左馬之介は、小名木川と仙台堀を越えて深川に入った。

おたえをもうすぐ身請けできる……。

左馬之介の気は急いた。


金貸し久兵衛の家には、金を借りたい者や取り立て屋などが出入りした。

平八郎は戸口脇の小部屋に詰め、来る者の身許を確かめて久兵衛に取り次いでいた。

退屈な仕事だった。

「矢吹さん、お前さんは本間の旦那の身代わりだ。日当は本間の旦那に貰って下さいよ」

久兵衛は冷たく云い放った。

「云われるまでもない」

平八郎は強がった。

深川の女郎屋『鶯屋』の主は、煙管《きせる》の灰を煙草盆に落とした。

「どうだ」

左馬之介は主を見据えた。

「おたえを二十五両で身請けしたいってんですかい」

「借金は二十両と聞いた。五両は利息だ」

「利息ねえ……」

「この通りだ。頼む」

左馬之介は手をつき、主に頭を深々と下げた。

そこには、武士としての厳しい覚悟が秘められていた。

断れば刃傷沙汰になる……。

『鶯屋』の主は、左馬之介の覚悟を感じ取った。

「仕方がありませんね。おたえの身請け、二十五両で納得しますよ」

「かたじけない」

左馬之介の声が弾んだ。

「おい。おたえを連れてきな」

「へい」

控えていた若い衆が、身軽に立ち上がった。

「旦那、おたえを身請けしていかがするんですかい」

「屋敷を出て所帯を持つ……」

左馬之介は本間家と縁を切り、浪人としておたえと暮らす気だった。

「そうですかい。そいつはめでたい。こいつは何ですが、ご祝儀です」

主は懐紙に二枚の小判を載せ、左馬之介に差し出した。

「主……」

左馬之介は僅かに動揺した。

「旦那、おたえを幸せにしてやっておくんなさい」

主は笑った。

「済まぬ。助かる」

左馬之介は、二両の小判を懐に入れた。

「左馬之介さま……」

おたえが風呂敷包みを抱え、若い衆に連れられて入って来た。

「おたえ、迎えに来るのが遅くなって済まぬ」

左馬之介は詫びた。

「左馬之介さま、私はもう……」

「おたえ、旦那は覚悟を決めてお見えになっているんだ。身請け金も貰った。お前はもう旦那のものだ。余計なことは云うんじゃない」

主は優しく釘を刺した。

「は、はい……」

おたえは、零《こぼ》れる涙を拭《ぬぐ》った。

「おたえ……」

左馬之介は、滲む涙を隠すように笑った。

「さあさあ。そうと決まれば、こんなところに長居は無用ですぜ。早々にお帰り下さい」

主は笑って告げた。

深川の岡場所は、既に賑わっている。

左馬之介は、おたえを連れて『鶯屋』の裏口を出た。裏口から出たのは、おたえを抱いた客に逢うのを恐れたからだった。

左馬之介とおたえは、富岡八幡宮の裏から仙台堀に抜けようとした。その時、行く手から高田幸之助たちがやって来た。

猪牙舟に乗っていた部屋住み仲間が、湯島天神門前の居酒屋に屯《たむろ》していた高田幸之助たちに報せたのだった。

高田幸之助……。

左馬之介は焦った。

「おたえ……」

左馬之介は、おたえの手を引いて逃げた。

闘い、斬り捨てることは可能だ。だが、おたえを連れての闘いは不利だ。そして、おたえの身に万一のことがあった時を恐れた。

左馬之介は深川の奥、木置場に向かった。

おたえは、懸命に左馬之介に続いた。何故、高田幸之助に追われるのか分からず逃げた。

たとえなにがあってもいい。左馬之介と一緒なら……。

おたえは幸せだった。

高田たちは迫って来る。

左馬之介とおたえは、懸命に逃げた。


木置場に人影はなかった。

しまった……。

左馬之介は、逃げ道を間違ったのを悟った。

人の多い処《ところ》の方が、高田たちも下手な攻撃は出来ないのだ。

左馬之介は悔やんだ。

高田たちは、左馬之介とおたえに追いついた。

左馬之介とおたえは、木置場の掘割に追い詰められた。

「本間さん、よくも新次郎を斬ったな」

「幸之助。恨むなら、俺が用心棒をしていた久兵衛に辻強盗を仕掛けたことを恨め」

「黙れ」

高田たちは、猛然と左馬之介に斬り掛かってきた。

「逃げろ」

左馬之介はおたえを突き飛ばし、鋭く応戦した。

「左馬之介さま……」

おたえは踏み止まった。

部屋住み仲間が、おたえに襲い掛かった。その時、物陰から現れた長次が、部屋住み仲間に体当たりをした。部屋住み仲間は、掘割に落ちて水飛沫《しぶき》をあげた。

長次はおたえを後ろ手に庇《かば》い、十手を構えた。

「止めろ、止めねえか」

「黙れ」

浪人が長次に斬り掛かった。

左馬之介が、浪人を斬り捨てて長次に寄った。

「平八郎どのの知り合いか」

「へい」

「おたえを頼む。連れて逃げてくれ」

「左馬之介さま……」

「おたえ、幸せになるんだ。さあ、早くおたえを連れて逃げろ」

左馬之介は、猛然と攻撃した。

死ぬ覚悟だ……。

長次はそう感じた。

左馬之介は、阿修羅《あしゅら》の如く高田の仲間を斬り倒した。

「さあ、逃げるんです」

長次は、躊躇《ためら》うおたえを連れて逃げた。

「左馬之介さま……」

おたえは悲痛に叫んだ。

左馬之介は振り返り、笑顔を見せた。

爽やかな笑顔だった。

次の瞬間、高田が左馬之介を背後から斬った。

左馬之介は仰《の》け反《ぞ》った。同時に部屋住みの仲間たちが、刀を閃《ひらめ》かして左馬之介に殺到した。

血が飛び、怒号が交錯した。

左馬之介は全身を斬られ、髷が崩れてざんばら髪になった。

木置場の掘割の水が、血に赤く染まっていった。

「なんだと……」

平八郎は言葉を失った。

亀吉は息を弾ませ、すぐに深川の木置場に来るように告げた。

「分かった」

平八郎は久兵衛の家を飛び出し、亀吉と共に深川に走った。

下っ引の長次は、おたえを駒形町にある鰻屋『駒形鰻』に連れて行った。

伊佐吉は事の次第に驚き、亀吉を平八郎の許に走らせて深川の木置場に急いだ。


本間左馬之介の死体は、木置場の番小屋に寝かされていた。

平八郎は呆然と立ち竦《すく》んだ。

「滅多斬りにされて、掘割に浮いていましたよ」

伊佐吉は悔しげに告げた。

「殺ったのは、高田幸之助たちですね」

平八郎に気負いも昂りもなかった。ただ、怒りが静かに渦巻き始めていた。

「ええ。違いありません」

平八郎は悔やんだ。

狙われている左馬之介を、一人で深川に寄越したのを悔やまずにはいられなかった。


湯島天神門前の居酒屋は、夜更けと共に客で賑わった。

高田幸之助たちは、酒と人を斬った興奮に酔っていた。

平八郎は、高田が出て来るのを待った。

左馬之介の死は、南町奉行所を通じて本間家に報された。だが、本間家の当主である長兄は、末弟左馬之介を既に勘当していると返答して来た。

左馬之介は、本間家での厄介叔父の立場すらも失った。

平八郎は、左馬之介の遺体をお地蔵長屋の自宅に運び、おたえを呼び寄せた。

おたえは、左馬之介の遺体に縋って泣いた。


時が過ぎ、居酒屋の客は帰り始めた。

高田幸之助も仲間たちと別れ、家路についた。

暗い夜道に行き交う人影はなかった。

高田幸之助は左馬之介を斬った昂りを秘め、夜道を進んだ。

黒い人影が、行く手の暗がりに浮かんだ。

高田は立ち止まり、油断なく誰何《すいか》した。
「誰だ……」
黒い人影は、全身から殺気を放ち、暗がりから現れた。
平八郎だった。
「お主、何者だ」
高田は僅かに怯んだ。だが、左馬之介を斬った昂りが、怯みを抑えた。
平八郎は、黙ったまま高田に近付いた。
高田は嘲笑を浮かべ、刀を抜いた。
刹那、平八郎の刀が瞬きを放った。
刀の瞬きは閃光となり、高田の左肩から右脇腹に走った。
高田は呆然と立ち竦んだ。
平八郎は刀に拭いを掛け、身を翻《ひるがえ》した。
高田はどす黒い血を撒き散らし、呆然とした面持ちのまま棒のように倒れた。
見事な袈裟懸けの一太刀だった。
左馬之介は本間家を勘当された。

勘当されたのは、高田幸之助や松川新次郎も同じだった。

各家は、部屋住みの行状の累が及ぶのを恐れ、早々に勘当して縁を切ったのだ。

左馬之介たち部屋住みは闇の彼方に葬られ、各家は何事もなく存続していく。

平八郎は、左馬之介たち部屋住みの悲しさと虚しさを知った。

厄介叔父は死んだ……。

第四話　にせ契《ちぎ》り

一

平八郎に仕事はなかった。

口入屋『萬屋』の主の万吉は、帳簿付けをしながら無愛想に応じた。

「何もないって、何かあるだろう」

平八郎は食い下がった。

「平八郎さん、もうお昼ですよ。ある訳ないでしょう」

「親父、この通りだ」

平八郎は万吉に手を合わせた。懐《ふところ》に残っている金は既《すで》に五十文もない。ここ数日、平八郎は神道無念流の剣術道場『撃剣館』で泊まり稽古に打ち込んでいた。道場に泊まっている間、金は掛からないが稼ぎにもならない。

泊まり稽古を終えた平八郎は、道場を出た足で『萬屋』を訪れたのだ。

「今日はもう諦《あきら》めて、明日の朝、一番に来るんですね」

万吉は筆を置き、帳簿を閉じた。

昼過ぎ、神田明神門前の居酒屋『花や』に暖簾《のれん》は掛けられてはいなかった。

平八郎は勝手口に廻った。

「あら、どうしたの」

女将《おかみ》のおりんが、井戸端で野菜を洗っていた。

「暇《ひま》でな……」

「仕事、あぶれたの」

「うん。萬屋の親父、冷たいもんだ」

「はい……」

おりんは、洗った人参を平八郎に渡した。

平八郎は人参を受け取り、口に入れた。

硬い音が短く鳴った。

「今、帰ったぜ」

主で板前の貞吉が、仕入れた魚を入れた竹籠を持って帰って来た。

「お帰り、お父《と》っつぁん」

「邪魔しているよ」

「仕事、なかったのかい」

貞吉は、苦笑を滲《にじ》ませた眼を平八郎に向けた。

「うん……」

平八郎は、人参を食べながら頷《うなず》いた。

「晩飯と銚子二本で薪《まき》を割るか」

「助かる」

平八郎は人参を食べ終え、納屋に行って鉞《まさかり》を握った。

貞吉は勝手口から板場に入った。

平八郎は鉞を振り下ろした。

薪の割れる音が響いた。混じりけのない綺麗な音だった。

心地良い音……。

おりんは薪割りの音を聞きながら、野菜を洗い続けた。

平八郎は薪を割り続けた。


日が暮れ、火入れ行燈《あんどん》に明かりが灯された。

居酒屋『花や』には、仕事帰りの職人やお店者たち常連客が訪れ始めていた。

平八郎は店の隅に座り、薪割りの報酬である酒を飲んでいた。

「はい。お父っつぁんから……」

おりんが、大根や人参を油揚げと煮込んだ煮物を差し出した。

「こいつは美味《うま》そうだ」

平八郎は酒を飲み、湯気のあがる煮物を食べた。

腰高障子が開いた。

「いらっしゃい」

おりんが戸口を振り向いた。

羽織袴の老武士が入って来た。

場違いな客だ。

職人やお店者たち常連客は、顔を見合わせて言葉を途切らせた。

「いらっしゃいませ。さあ、どうぞ」

おりんは、空《あ》いている席に案内しようとした。

「いや。こちらに矢吹平八郎と申される御仁がいる筈《はず》だと聞いて来たのだが。おいでになるかな」

「えっ……」

おりんは戸惑いを浮かべた。

「矢吹平八郎どのと申される方だ」

平八郎は手酌の手を止めた。

おりんが平八郎を振り向いた。

老武士は、おりんの視線を追った。

「おお、お主が矢吹どのか」

老武士は平八郎に近づき、その前に座った。

「はい。矢吹ですが、御貴殿は……」

「拙者は大貫平左衛門《おおぬきへいざえもん》と申しましてな、榊原右京どのからお主の事を聞いてきた」

「右京さんから……」

榊原右京は、小石川に住んでいる三百石取りの旗本であり、公私にわたって世話になっている『撃剣館』の兄弟子であった。

「左様……」

平左衛門は、白髪頭を忙しく上下させた。

「それで、私に何か御用でも……」

平八郎は話を促《うなが》した。

「実はな……」

平左衛門は声を潜めた。

「人を探して貰《もら》いたいのだ」

「人を探す……」

「うむ。一日一分で如何《いかが》かな」

一日一分の給金に異存はない。

「で、探す相手は……」

「それは後ほど、詳しくな……」

平左衛門は、辺りを見廻して言葉を濁《にご》した。

「では、いつまでの仕事になりますか」

「見つかるまでだ」

探す相手が誰かは分からないが、日にちがかかればかかる程、平八郎の懐は温かくなる。

「榊原どのは、お主に頼むのが一番だと勧めてくれてな。どうだ。引き受けてはくれまいか」

平左衛門は、平八郎を見詰めて答えを待った。

「はあ……」

平八郎は戸惑った。だが、世話になっている榊原右京の顔を潰《つぶ》すわけにはいかない。

「分かりました」

平八郎は引き受けた。

「ありがたい。ならば御同道願おう」

平左衛門は立ち上がった。

「えっ。これからですか……」

「左様、これからです」

平八郎は慌《あわ》てて煮物の残りを食べ、銚子を空にした。


神田明神門前の居酒屋『花や』を出た大貫平左衛門は、夜道を東に向かった。

平八郎は続いた。

平左衛門は、明神下の通りから寛永寺に続く御成街道を横切って進んだ。町家と武家地の間の道は、御徒町に続いていた。

御徒町には、旗本御家人たちの組屋敷や大名屋敷がある。

大貫平左衛門は、何処に連れて行く気なのだ。

平左衛門は、御徒町通りを北に進んだ。そして右に曲がり、伊勢《いせ》国津《つ》藩三十二万三千石藤堂《とうどう》家の江戸下屋敷の潜り戸を叩いた。

覗《のぞ》き窓の障子が開き、門番が顔を覗かせた。

「儂《わし》だ」

平左衛門は門番に顔を見せた。

門番は慌てて潜り戸を開けた。

「さっ、入られよ」

平左衛門は、平八郎を津藩江戸下屋敷に招き入れた。

平八郎は、門番の態度から大貫平左衛門が津藩でかなりの重臣だと知った。

津藩藤堂家は、戦国武将藤堂高虎《たかとら》を藩祖とし、江戸上屋敷は近くにあった。

平左衛門は、平八郎を下屋敷の書院に案内した。

大名家の下屋敷は、藩主や江戸家老が暮らしている上屋敷とは違って家来や奉公人たちも少ない。

書院に通された平八郎に、若い藩士が茶を差し出した。

平左衛門は茶を啜《すす》り、喉を潤した。

「さて、わざわざ御足労いただき、申し訳ござらぬ」

平八郎は茶を置いた。

「もうお気付きだと思うが、拙者は伊勢国津藩の家臣でしてな」

「はい……」

平八郎は頷いた。

「探していただきたいのは、我が藩の江戸詰藩士でしてな」

「藩士……」

探す相手は藩士だった。

「左様。名は島崎小次郎《しまざきこじろう》、二十八歳の勘定方《かんじょうかた》でしてな。一昨日の夜、藩の金を五十両ばかり持って逐電《ちくでん》したのです」

若い藩士が、五十両もの大金を持って江戸の町に消え去った。

良くある話だ……。

「しかし大貫どの。藩士を探すのなら、顔を見知らぬ私より、藩士の方の方が宜《よろ》しいのではありませんか」

「いえ。何分にも公にできない事、隠密裏に探さねばなりません。藩士が動き、公儀の知る処《ところ》となれば、家中取締り不行届きでどのようなお叱《しか》りを受けるか……」

平左衛門は眉を顰《ひそ》めた。

「ですが、何分にも顔が……」

平八郎は首を捻《ひね》った。

「矢吹どの、御懸念には及ばぬ。我が藩の小者に御貴殿のお供をさせます」

小者は島崎小次郎の顔は無論、その行状を良く知る者だった。

最早《もはや》、引き受けるしかない……。

「分かりました」

平八郎は、吐息混じりに引き受けた。

「よし。決まった。では何分にも宜しくお願いしますぞ」

平左衛門は手を叩いた。

庭先に足音がし、障子の向こうに人影が蹲《うずくま》った。

「お呼びにございますか」

「うむ……」

平左衛門は障子を開けた。障子の向こうの庭先に二十二、三歳の中間《ちゅうげん》が蹲ってい
た。

「矢吹どの、中間の又八《またはち》です」

「又八にございます」

又八は若々しい顔をあげ、平八郎に挨拶《あいさつ》をした。

「矢吹平八郎です」

「又八、矢吹どのに大まかな事はお伝えした。詳しい事はその方からな」

「心得ました」

「矢吹どの、又八は若いながらもなかなか役に立つ男。宜しくお願い致しましたぞ」

「はい……」

何をするにも明日からだ。

平八郎はそう決め、又八に見送られて津藩江戸下屋敷を後にした。

月は青白く輝き、平八郎の影を長く伸ばした。


辰《たつ》の刻五つ（午前八時）。

お地蔵長屋の朝の賑わいが終わった頃、平八郎は井戸端で水を浴びて顔を洗った。

そして、飯を炊いて朝飯を食べている時、又八がやって来た。

又八は下屋敷にいる時とは違い、職人風の姿をしていた。

「どうだ。飯、食べるか」

「かたじけのうございます。朝飯はお屋敷で済ませてまいりました」

又八は、平八郎の飯と汁と漬物だけの朝飯を一瞥《いちべつ》し、微笑《ほほえ》みながら断った。

「そうか……」

平八郎は、飯に汁を掛けてかき込んだ。

「ところで又八さん。島崎小次郎どのは、どうして藩の金を持ち逃げしたのだ」

「おそらく女です」

「女……」

「はい。島崎さまは密かに吉原に通い詰めていらっしゃいました。きっと……」

「島崎どのは、江戸詰ではないのか」

江戸にいる大名家の家来には、代々江戸屋敷に勤める江戸詰と、参勤交代で藩主の供をしてくる者がいた。

「江戸詰ではございますが、去年に国元からお見えになったのでございまして……」

「吉原の女に夢中になってしまったか」

又八は頷いた。

「じゃあ、調べるのなら吉原からだな」

「それが宜しいかと存じます」

「よし」

平八郎は、刀を手にして立ち上がった。

お地蔵長屋を出た平八郎と又八は、明神下の通りを北、下谷広小路に向かった。

下谷広小路には、東叡山《とうえいざん》寛永寺や不忍池を訪れる人々が行き交っていた。

平八郎と又八は、一定の足取りを崩さず浅草に向かっていた。又八の足取りは、平八郎に負けない程の確かさだった。

又八は剣の修行をした事がある……。

平八郎の直感が囁《ささや》いた。

「又八さん、剣は何を学ばれている」

「はあ。直心影流《じきしんかげりゅう》を少々……」

又八は照れたように笑った。

「ほう。直心影流ですか」

直心影流は、摂津《せっつ》国高槻《たかつき》藩士山田平左衛門光徳《やまだへいざえもんみつのり》を流祖とする流派である。

「はい。矢吹さまは神道無念流の達人と伺っております」

「ま。印可はいただいているが、達人は大袈裟だよ」

平八郎と又八は、下谷広小路から上野御山内脇を抜け、車坂《くるまざか》町から坂下門前を北に進んだ。やがて、行く手に山谷堀が見えてきた。

山谷堀の向こうには、投込み寺として名高い浄閑寺《じようかんじ》の屋根が見えた。

平八郎と又八は、日本堤を吉原に急いだ。


見返柳が見えた。

吉原の入口だった。

吉原は元々日本橋の近くにあったが、明暦《めいれき》の大火の後に浅草日本堤に移され、新吉原と称された。

見返柳は、日本堤から吉原に入る衣紋《えもん》坂にあった。そして、S字に続く五十間道を進むと、吉原唯一の出入口である大門があった。

その大門を潜ると吉原である。

吉原は敷地二万七百六十七坪を誇り、おはぐろどぶで囲まれている。

吉原大門は卯《う》の刻六つ（午前六時）に開き、亥《い》の刻四つ（午後十時）に閉められる。大門は男の出入りは自由だが、女はたとえ一般人であっても〝大門切手〟がなければ通さなかった。

大門を入ると、右手に四郎兵衛番所と呼ばれる吉原会所があった。そして、左右に茶屋の連なる仲《なか》の町が続いた。

吉原には伏見《ふしみ》町、江戸町、角《すみ》町、京町、揚屋《あげや》町など八つの町があり、妓楼や様々な店が並んでいる。

妓楼の張見世の籬《まがき》の内には、新造たち遊女が居並んで遊客たちを誘っていた。吉原には午《うま》の刻九つ（午後零時）から申《さる》の刻七つ（午後四時）までの〝昼見世〟と、暮六つ（午後六時）から子《ね》の刻九つ（午前零時）までの〝夜見世〟があった。

昼前の吉原は、籬の内に遊女の姿はない。だが、地方から来た男たちや遊客が見物に訪れ、それなりの華やかさを見せていた。

平八郎は久々の吉原だった。

又八は、物珍しそうに辺りを見廻した。

「さあて、どうするか……」

平八郎は四郎兵衛番所の前に佇み、賑やかな仲の町を眺めた。突き当たりに火の見櫓《やぐら》が見えた。

「遊女に訊いて廻りますか」

又八が呟《つぶや》いた。

「又八さん、吉原の遊女は三千人もいるんだよ」

「三千人……」

又八は眼を丸くした。

吉原の八つの町には、三千人余の遊女の他に様々な商売を営む者が暮らしている。

「ああ。一人ずつ訊いて歩いたら何日掛かるか」

平八郎は苦笑した。

「じゃあ、どうします」

「島崎どのは、吉原の何て名の遊女の馴染みになったのか聞いているか」

「確かこむらさきとか……」

こむらさき……。

こむらさきが〝小紫〟か、〝濃紫〟なのかは分からない。そして、遊女の名としてはありふれている。だが、人数はかなり絞られる。

「よし、島崎小次郎どのが吉原にいるとしたら、持ち逃げした五十両で居続けをしているか、或いは既に身請けして吉原を出たかもしれない。とにかく四郎兵衛番所で訊いてみよう」

「はい。お任せします」

又八は平八郎に従った。

吉原で遊女の客になるには、張見世で遊女を見初《みそ》めて登楼する素上がりか、茶屋を通すかのどちらかである。

茶屋を通すのは、大見世の太夫以上が殆《ほとん》どであり、島崎小次郎はおそらく張見世で〝こむらさき〟を見初めて馴染みになったと思われた。

平八郎と又八は四郎兵衛番所を訪れ、詰めている男衆に〝こむらさき〟の存在を尋ねた。

〝小紫〟は、妓楼『巴屋《ともえや》』に一人、『玉屋山三《たまやさんざ》』に一人いた。そして、〝濃紫〟は『松葉屋《まつばや》』に一人いた。

吉原に遊女〝こむらさき〟は、都合三人いた。

「この三人の中に、昨日か一昨日、身請けされた女はいないかな」

「そいつなら、巴屋の新造の小紫だぜ」

男衆は事も無げに答えた。

「巴屋の小紫……」

「ああ。一昨日、身請けされて吉原を出て行ったぜ」

「矢吹さま」

「うん」

巴屋の小紫が、おそらく島崎小次郎の惚れた遊女なのだ。だが、確かな証拠はない。

平八郎と又八は、妓楼『巴屋』に急いだ。

妓楼『巴屋』の張見世では、遊女たちがおはじきやかるた合わせなどをして昼見世の時を待っていた。

遣手のお甲《こう》が、店土間で平八郎と又八の応対をした。

〃遣手〃とは、楼主の代理として遊女たちを管理・監督する女で、遊女あがりが多いとされた。

「小紫ですか……」

「うん。一昨日、身請けされたと聞いたが」

「そうですよ。小紫は一昨日、急に身請けされて出て行きましたよ」

「身請けしたのは誰ですか」

「お前さんたち、何なんだい」

「ひょっとしたら身請けした男、知り合いかもしれなくてな」

「あら、そうなんですか」

お甲は欠伸《あくび》混じりに答えた。

平八郎は、一日の給金である一分金を素早くお甲に握らせた。

「あら、ま。すみませんねえ」

お甲は微笑み、平八郎に流し目をくれた。

「いやいや。で、身請けしたのは……」

「それが、島崎小次郎さまって若いお侍でしてね……」

「矢吹さま……」

又八は、緊張した眼差しを平八郎に向けた。

「うん」

津藩江戸詰藩士島崎小次郎に違いなかった。島崎は持ち逃げした金で、遊女の小紫を身請けして吉原を出て行った。

「つかぬことを訊くが、身請け金は幾《いく》らだ」

「何だかんだで四十五両ほどでしたか……」

苦界《くがい》十年と云われるように、吉原の遊女は十年の年季奉公人だった。だが、十年の間には、様々な金が掛かる。それが借金となって年季奉公の金より増えるのが普通だった。

島崎小次郎が、藩から持ち逃げした金は五十両だ。小紫を身請けするには足りる金額だ。

「小紫の国は何処《どこ》だ」

「伊勢の方だと聞いているけど……」

お甲は欠伸を噛《か》み殺した。

「じゃあ本名は……」

「確か村上小夜《むらかみさよ》だとか云っていたよ」

村上小夜……。

「武家の出か……」

平八郎は思わず呟いた。

又八は微《かす》かに顔を歪ませた。

「ああ。武家は武家でも、きっと貧乏浪人かなんかの娘だよ」

お甲は嘲《あざけ》りを浮かべた。

「で、島崎は小紫を身請けして何処にいったのか分かるか」

「そんな事までは……」

お甲は苦笑した。

「分からぬか」

「ええ。でも、辻駕籠《かご》の駕籠舁《か》きにでも訊くと分かるかも知れないよ」

「辻駕籠か……」

島崎は、身請けした小紫を辻駕籠に乗せて、吉原から出て行ったのかも知れない。

調べてみる値打ちはある……。

「それじゃあ、小紫と仲の良かった者はいないかな」

「いないこともないけど。お侍さん、もうじき昼見世ですよ」

お甲はうんざりとした面持ちで告げた。

小紫と仲の良かった遊女に逢いたければ、客としてあがれと云っているのだ。

「うん。そうはしたいのだが、何分にも懐具合がな」

「矢吹さま……」

又八が、懐紙に包んだ小判を差し出した。

「大貫さまから探索の掛かりだと……」

「なんだ。そんな金があったのか」

平八郎は、お甲に握らせた一分金を思い出した。

「よし。俺は小紫と仲の良かった女に逢ってみる。又八さんは、辻駕籠を当たってみてくれ」

平八郎は金包みを受け取り、『巴屋』にあがった。そして、又八は大門に向かった。

吉原は乗り物の出入り、槍や長刀の持ち込みが禁じられている。当然、辻駕籠は大門の外で客を待っていた。

島崎小次郎は、身請けした小紫を辻駕籠に乗せて吉原を離れたのに違いない。

又八は大門を出て、客待ちをしている駕籠舁きに近付いた。

遊女には、上級女郎の花魁《おいらん》、若い新造、見習いの振袖《ふりそで》新造などの階級がある。

部屋持ち新造は、花魁の下に位置する若い遊女で揚代は一分とされた。

平八郎は一分の揚代を払い、番頭新造の案内で玉菊《たまぎく》の部屋に通った。

番頭新造とは、年季が明けた後も妓楼にいる遊女の世話役である。

平八郎は、玉菊に小紫の事について尋ねた。

「小紫ちゃんが、身請けされて何処に行ったのかでありんすか」

「うん。何か聞いていないかな」

「さあ……」

「何でもいいんだ。たとえば、年季が明けたり身請けされたら、小料理屋をやりたがっていたとか。何処かに遊山に行きたがっていたとか」

平八郎は身を乗り出した。

「小紫ちゃん、そんな事はなにも……」

玉菊は首を横に小さく振った。

「そうか……」

「お侍さま、小紫ちゃんがお武家の出だとご存じでありんすか」

「うん。国元は伊勢だと聞いたよ」

「はい。お父上さまは切腹されて……」

「切腹、何故だ」

「そこまでは……」

玉菊は知らなかった。

「そうか……」

小紫の父親は切腹していた。

「それで小紫ちゃんは、お母上さまと弟と三人で江戸に出てきたとか……」

「じゃあ、母親と弟は江戸にいるのか」

「いいえ……」

「どういう事だ」

「小紫ちゃんが吉原に来た後、お母上さまは病でお亡くなりに……」

「弟は……」

「それが、行方知れずとか……」

「行方知れず……」

「小紫ちゃん、きっともう死んでいると……」

小紫こと村上小夜は、天涯《てんがい》孤独《こどく》の身だった。そして、頼るべきは島崎小次郎だけだったのかも知れない。

「そうか……」

「でも小紫ちゃん、本当に良かった。あんな優しい小次郎さまに身請けされて……」

玉菊は優しく微笑んだ。

他人の幸せを素直に喜んでやれる女だ。

平八郎は、玉菊の言葉を信じた。

二

未《ひつじ》の刻八つ（午後二時）。

昼見世の時刻を迎えた吉原は、華やかな雰囲気を漂わせ始めた。

平八郎は大門を出た。

駕籠舁きに訊いていた又八が気付き、平八郎に駆け寄って来た。

「どうです。何か分かりましたか」

「いや。大したことは分からなかった。又八さんはどうだ」

「はい。一昨日、小紫らしき女を乗せた駕籠がありました」

「島崎小次郎どのも一緒か」

「はい」

「で、島崎どのと小紫は、辻駕籠に乗って何処に行ったんだ」

「駒形の竹町《たけまち》之渡だそうです」

「竹町之渡……」

竹町之渡は、隅田川に架かる吾妻橋の傍《そば》にある渡し場だ。

「舟に乗ったのかな」

「そうかもしれません」

「よし。竹町之渡に行ってみよう」

平八郎と又八は、五十間道から日本堤に出て山谷堀沿いに今戸町に向かった。今戸町から隅田川沿いに南に向かうと吾妻橋になり、竹町之渡がある。

平八郎と又八は急いだ。


浅草広小路から本所に続く吾妻橋は、隅田川に架かる長さ七十八間の橋である。

竹町之渡は、その吾妻橋の西詰にあった。

島崎小次郎と小紫は、そこで辻駕籠を降りていた。

平八郎と又八は、渡し場の番人に島崎と小紫の事を尋ねた。

「一昨日ですか……」

「うん。若い勤番侍と女の二人連れだ。見かけなかったかな」

「さあ、覚えちゃあいませんが……」

番人は申し訳なさそうに告げた。

「そうか……」

島崎と小紫は、渡し舟を使わなかったのかも知れない。

「矢吹さま、でしたら歩いて……」

又八は眉根を寄せ、行き交う人々を見廻した。

「いや。ここと津藩の江戸屋敷はそれほど遠くはない。下手をしたら藩の者と出会う恐れがある。陸路はとらぬと思うが……」

船宿……。

渡し舟に乗らなかったとしたら、船宿で舟を雇ったのかも知れない。

「どう思う」

「はい。島崎さまは人目を避けています。船宿の舟を借りたかもしれません」

又八は意気込んだ。

「よし。手分けして聞き込んでみよう。落ち合うのは一刻後。場所はここだ」

「はい」

平八郎と又八は、隅田川沿いの材木町《ざいもく》と花川戸町の船宿に走った。

小半刻が過ぎた。

平八郎の聞き込みは、材木町の隣りの駒形町の船宿まで続いた。だが、収穫は何もなかった。

又八に期待するしかない……。

平八郎は駒形堂の傍の土手に座り、隅田川に眼をやった。

隅田川は日差しに煌《きら》めき、ゆったりと流れている。そして、流れの向こうに本所の町が見えた。

本所……。

平八郎の脳裏に、〝本所〟の二文字が浮かんだ。

「平八郎さんじゃありませんかい」

岡っ引の伊佐吉が、下っ引の長次を従えてやって来た。

「おう、親分……」

岡っ引の伊佐吉は、駒形町の老舗鰻屋『駒形鰻』の倅《せがれ》で、駒形から浅草を縄張りとしている。

「こんな処で何をぼんやりしているんですか」

「う、うん。人探しを頼まれてな。ちょいと一休みだ」

「ほう、そいつは大変だ」

伊佐吉は白い歯を見せて笑った。人の秘密を嗅《か》ぎ廻る稼業でありながら、老舗鰻屋の若旦那としての育ちの良さを垣間見せた。

「何なら長次にお手伝いさせましょうか」

「手伝って貰えるか」

長次は人探しの玄人《くろうと》といえる。手伝って貰えれば大いに助かる。

「へい。あっしで良ければなんなりと……」

長次は小さく頭を下げた。

「うん。じゃあ聞いてくれ」

「平八郎さん、ここじゃあ詳しい話も出来ない。ま、あっしの家に来て下さい」

伊佐吉は笑顔で誘った。

「そいつはいい」

平八郎は、昼飯を食べていないのを思い出した。


鰻屋『駒形鰻』の鰻重は、いつ食べても美味かった。

「美味い……」

「それで島崎ってお侍は、小紫を身請けして何処かに行っちまったんですか」

「うん」

平八郎は鰻を味わいながら、伊佐吉と長次に事の次第を説明した。

「それにしても島崎ってお侍さん。藩の金を持ち逃げして遊女を身請けするなんて、大胆な真似《まね》をしましたね」

長次は呆《あき》れた。

「うん」

「平八郎さん。そんな真似をしたら、その島崎ってお侍の家はお取り潰し、御本人は切腹でしょう」

伊佐吉は眉を曇らせた。

「当然だよ」

「遊女一人に先祖代々続いた家や命を懸けるなんて……」

伊佐吉は解せない面持ちだった。

「そりゃあ親分、惚《ほ》れたら命懸けだよ」

平八郎は、蒲焼の味の滲《し》みた飯を頬張った。

「そうですかね。あっしは何か曰《いわ》く因縁があるような気がしてなりませんぜ」

伊佐吉は、その眼を鋭く輝かせた。

「曰く因縁か……」

平八郎は思いを巡らせた。

伊佐吉の睨《にら》み通りなら、島崎小次郎と小紫には何らかの因縁がある。それは、おそらく二人の過去に秘められているものなのかも知れない。

「平八郎さん、小紫は武家の出だと仰《おつしや》いましたね」

「うん。本名は村上小夜。国は伊勢の方だと聞いた」

「妓楼は巴屋でしたね」

「うん」

「分かりました。長次、吉原の巴屋に行って小紫の身許を詳しく洗ってみな」

「承知しました」

「よし。俺はとにかく島崎どのと小紫を探してみる」

平八郎は伊佐吉たちと別れ、女将のおとよに鰻重の礼を述べて鰻屋『駒形鰻』を出た。


川風が吹き抜けていた。

平八郎は竹町之渡に戻った。

又八が船着場で待っていた。

「やあ、すまぬ」

平八郎は、自分だけ鰻重を食べたうしろめたさを覚えた。

「どうでした」

「駄目だ。又八さんはどうでした」

「私も……」

又八も、島崎と小紫が舟に乗った事実は摑《つか》めずにいた。

「舟には乗っちゃあいないんですかね」

又八は隅田川の流れを眺めた。

「又八さん、藩は島崎どのをどうする気だ」

「さあ、私は……」

又八は言葉を濁した。

「藩の金を横領して逐電し、吉原の遊女を身請けした。藩士としての罪は重い筈だ」

平八郎は、又八の言葉を誘った。

「私どもの仲間内での噂《うわさ》では、藩は島崎家を取り潰し、小次郎さまを連れ戻して切腹させると……」

「やっぱりな……」

島崎家は滅びる……。

平八郎と伊佐吉が予期した通りだ。

吉原の遊女の小紫は、先祖代々続いて来た家を潰してでも添い遂げる値打ちのある女なのか。

曰く因縁……。

平八郎は、伊佐吉の言葉を思い出した。

隅田川は長閑《のどか》に流れている。

「どうだ又八さん。島崎どのと小紫、本所に行ったと思わないか」

隅田川の流れの向こうには、本所の町並みが続いている。

「本所ですか」

「うん。ここで辻駕籠を降りて舟に乗っていないとなると、吾妻橋を歩いて渡ったのかも知れない」

「ですが何故、辻駕籠に乗ったまま行かなかったんですか」

「又八さん。島崎どのは藩の追手を警戒している。追手を撒《ま》こうと細工をしているのかも知れない」

平八郎は己《おのれ》の睨《にら》みを告げた。

「分かりました。本所に行ってみましょう」

「うん」

平八郎と又八は、竹町之渡を出て吾妻橋を渡った。

吾妻橋を渡った本所は、大名の下屋敷と寺院と町家が混在している。そして、南に進んで深川になるまで、小旗本や御家人の組屋敷が並んでいた。

平八郎と又八は、吾妻橋の袂《たもと》にある橋番小屋を訪れた。

「一昨日、若い侍と女の二人連れですか」

「うん。吾妻橋を渡った筈なのだが、見掛けなかったか」

「見掛けましたよ」

「見掛けた」

又八が意気込んだ。

「ええ。大勢……」

橋番は笑った。

「大勢だと」

平八郎は、怪訝《けげん》な眼差しを橋番に向けた。

「旦那。毎日、どのぐらいの人が吾妻橋を渡るかご存じですかい」

橋番はうんざりとした顔をした。

若い侍と女の二人連れなど、掃《は》いて棄てるほど大勢通るのだ。

「そうだな。云うとおりだ」

平八郎は素直に認め、又八と顔を見合わせて吐息を洩らした。

「旦那、出涸《でが》らしですが、如何ですかい」

橋番は同情したのか、茶を勧めてくれた。

「すまんな」

平八郎と又八は、橋番に茶を御馳走になった。

「若いお侍と女って、どんな風な人ですか」

「うん。侍は若い大名家の江戸詰でな。女は吉原にいて身請けされた遊女なんだ」

「えっ……」

橋番は素《す》っ頓狂《とんきょう》な声をあげた。

「吉原にいた遊女って、まさか巴屋の小紫じゃあないでしょうね」

橋番は思いも掛けない事を云った。

平八郎と又八は呆然《ぼうぜん》とした。

「小紫を知っているのか」

「えっ。ええ、二、三度巴屋で……」

橋番は小紫の客だった。

「それで、小紫を見掛けたのか」

「一昨日、良く似た女を……」

橋番は、若い侍と一緒に橋を渡って来た小紫を見ていた。だが、吉原の遊女がいる筈はなく、良く似た女だと思い込んでいたのだ。

「そうか、島崎どのと小紫は、やっぱり本所に来ていたか」

「間違いありません」

又八は頷いた。

「それで、二人はどっちに行ったか分かるか」

「業平橋《なりひらばし》ですよ」

「業平橋……」

本所を北に進むと、竪川と交差する横川がある。業平橋はその横川に架かっている。

「ええ。若い侍に業平橋はどっちだと聞かれたので……」

「それで、業平橋から何処に行くと……」

「さあ、そこまでは……」

橋番は首を横に振った。

「矢吹さま」

「うん。とにかく業平橋に行ってみよう。世話になった」

平八郎と又八は橋番に礼を云い、業平橋に急いだ。


吉原は夜見世の時刻が近付き、華やかさを増していた。

下っ引の長次は、妓楼『巴屋』の旦那を訪れた。『巴屋』の旦那の吉兵衛《きちべえ》は、『駒形鰻』の先代である伊佐吉の父親と知り合いだった。

「駒形鰻の長次さんかい……」

吉兵衛は長火鉢の前に座った。

「お久し振りにございます」

「おとよさん、達者にしているかい」

「へい。お蔭さまで女将さんは忙しくしております」

「伊佐吉さんの噂。時々、聞いているよ」

「そいつはどうも。伊佐吉親分は大分、先代に似てきましたよ」

長次は嬉《うれ》しげに笑った。

「そいつは恐ろしいな」

吉兵衛は苦笑した。

その昔、長次が駆け出しの下っ引の頃、吉兵衛は悪辣《あくらつ》な女衒《ぜげん》を殺した。

伊佐吉の父親が探索に乗り出し、下手人の吉兵衛を追い詰めた。

吉兵衛はその執念深さに震え、覚悟を決めた。

だが、伊佐吉の父親は、事件の真相を突き止めた後、女衒の悪辣さを理由に何もかもを闇に葬った。つまり、吉兵衛の女衒殺しに眼を瞑ったのだ。以来、吉兵衛は伊佐吉の父親を畏怖《いふ》した。

伊佐吉はその父親に似てきた。

吉兵衛は、肚の中で密かに警戒した。

「で、用ってのは……」

吉兵衛は長次に笑顔を向けた。

「そいつなんですが旦那。一昨日、島崎小次郎ってお侍に身請けされた小紫ですが」

「小紫がどうかしたかい」

「へい。ご存じのことを何もかも、教えていただきたいと思いましてね」

長次は、吉兵衛を静かに見据えた。


横川に架かる業平橋を渡ると、そこは小梅《こうめ》村と押上《おしあげ》村だ。緑の田畑が広がり、武家の下屋敷と寺、そして百姓家が点在していた。

島崎小次郎と小紫は、この一帯の何処かにいるのかもしれない……。

「いるとしたら何処ですかね」

又八の鬢《びん》のほつれ毛が、田畑を吹き抜ける風に揺れた。

「島崎どの、他の藩に親しい者はいたかな」

「さあ。大貫さまからは、別に聞いてはいませんが」

「ならば、武家の屋敷ではあるまい。又八さん、寺を調べてみよう」

平八郎と又八は、畑の中に点在する寺に向かった。


日暮れが近付いていた。

押上村は西日を浴び、赤く染まり始めていた。

裏庭の木立は影を長く伸ばし、枝葉を風に揺らしていた。

小紫は縁側に座り、ぼんやりと庭を眺めていた。

本当にこれで良かったのだろうか……。

小紫は己《おのれ》に問い質《ただ》した。

これしかないのだ……。

小紫は己に答えた。

何度目の自問自答になるのか……。

質問と答えはいつも同じだった。

小紫は庭を眺めた。

願いは叶った……。

吉原の苦界《くがい》に身を沈めてから密かに願い続けてきた望みは、見事に叶った。だが、小紫の心は重く沈んでいた。

父親が藩の公金を横領した罪を着て切腹し、先祖代々続いた家は潰れ去った。そして、母親や弟と江戸に出て来た。母親と小紫は、弟の立身を願って身を粉《こ》にして働いた。しかし、母親は過労で倒れ、病の床に就いた。

小紫は吉原に身を売るしかなかった。その後、母親は病死し、弟は行方知れずになってしまった。

一家離散……。

何もかも、父親が公金横領の罪を着せられた事から始まった悲劇なのだ。

小紫は絶望した。

父親を陥《おとしい》れた者を憎み、恨んだ。そして、復讐の機会はいきなり訪れた。

小紫は、吉原仕込みの手練手管《てれんてくだ》を駆使した。

「小紫……」

裏庭の木戸を開け、島崎小次郎が入って来た。

「主さま……」

小紫から廓《くるわ》言葉は抜けていなかった。

「喜べ。御住職が添状を書いてくれたぞ」

小次郎は顔をほころばせ、懐から添状を出して見せた。

小次郎は小紫を連れて江戸から離れ、見知らぬ土地で所帯を持つつもりだった。その為には、先《ま》ず土地の寺の世話になるのが上策だった。小次郎は、今いる家作の持ち主である常連寺《じょうれんじ》の住職に添状を書いてくれと頼んだ。

頼みは聞き届けられた。

「そりゃあようござんした」

「ああ。行き先は常陸《ひたち》の海辺の村だ」

「海辺の村……」

「ああ。そこで新しく生まれ変わり、穏やかに暮らすんだ。良いな」

小次郎の顔は、行く末に希望を見出して明るく輝いていた。

「はい……」

「それから卵と野菜を買ってきた。朝の残り飯で雑炊《ぞうすい》を作ろう。きっと美味いぞ」

小次郎は、弾んだ足取りで台所に行った。

小紫は微笑んだ。

微笑みは夕陽に染まり、哀しげに見えた。


日が暮れた。

平八郎と又八の聞き込みに成果はなかった。

押上村は僅かな家の灯りを残し、夜の闇に静かに覆われていった。

「今日はこれまでだな」

「はい」

平八郎と又八は、押上村の田舎《いなか》道を引き返した。

三

隅田川には行き交う船の灯りが揺れていた。

平八郎と又八は、吾妻橋を渡って浅草に戻った。

「さあて、どこかで飯でも食うか」

平八郎は、浅草広小路に揺れる提灯の灯りを見ながら又八を誘った。懐には又八から渡された探索費用が残っている。

「いえ。大貫さまがお待ちかねだと思いますので……」

又八は遠慮がちに断った。

「そうか、じゃあここで別れるか」

「はい。明日、またお地蔵長屋にお迎えにまいります」

「いや。わざわざ迎えに来る必要はありませんよ。辰の刻五つ、業平橋で逢いましょう」

「心得ました。では、御無礼致します」

又八は平八郎に深々と頭を下げ、足早に立ち去った。

平八郎は広小路から蔵前通りに入った。

「平八郎の旦那……」

伊佐吉の下っ引の亀吉が、傍らの暗がりから現れた。

「おう、亀吉か」

「へい。親分と長次の兄貴が待っております。ちょいと駒形鰻にお立ち寄りを……」

亀吉は伊佐吉に命じられ、平八郎が通るのを待っていたのだ。

「造作を掛けるな」

「いいえ。さあ」

長次が、小紫に関して新たな事実を摑んできたのかも知れない。

平八郎と亀吉は、鰻屋『駒形鰻』に向かった。


老舗鰻屋『駒形鰻』の店内には、蒲焼の美味そうな匂いが満ち溢れていた。

鰻は上品な食べ物ではなかったが、滋養のある魚として肉体労働をする人足や職人たちに好まれていた。

「いらっしゃいませ」

小女のおかよが、元気な声で平八郎を迎えた。

「あっ。女将さん、平八郎の旦那がお見えになりました」

おかよは板場に叫んだ。

板場から女将のおとよが現れた。

「やあ、女将さん。また来てしまいました」

平八郎は、昼飯も『駒形鰻』の世話になったのを恥じた。

「なに云ってるんです。さあ、伊佐吉が待っていますよ。どうぞ、お上がり下さい」

「はい。お邪魔します」

平八郎は店土間を抜け、奥へのあがり框《かまち》に進んだ。


伊佐吉は長火鉢の前に座り、長次と何事かを話していた。

「邪魔をする」

平八郎は襖《ふすま》を開け、伊佐吉の居間に入った。

長次が脇に退き、素早く座布団を用意した。

「すまんな。で、何か分かったのか」

平八郎は座布団に座り、性急に尋ねた。

「まあ。ゆっくりやりましょうや」

伊佐吉は苦笑した。

「う、うん」

平八郎は、先を急ぐ自分を恥じた。

「お待たせ致しました」

おかよと亀吉が、酒と料理を運んできた。

「さあ、どうぞ」

おかよが、平八郎の猪口《ちょこ》に酒を満たした。

「ほう。おかよ、酌が上手くなったじゃあないか」

伊佐吉は、亀吉に酒を注いで貰いながらからかった。

「若旦那、私もいつまでも子供じゃありません。さあ、長さん」

おかよは赤い頬をふくらませ、長次にも酒を注いだ。

「へえ、そいつはお見逸《みそ》れしたぜ」

伊佐吉は苦笑した。

小女のおかよは労を惜《お》しまず働く、明るく元気な住み込みの奉公人だった。

女将のおとよは、おかよを可愛がっていた。そして、伊佐吉も歳の離れた妹のように扱っていた。

「じゃあ、ごゆっくり」

おかよは、丁寧に挨拶をして出て行った。

平八郎と伊佐吉たちは、酒を飲みながら料理を食べた。鰻を使った様々な料理は美味かった。

「平八郎さん、小紫を身請けした島崎小次郎さん、津藩藤堂さまの御家中でしたね」

伊佐吉が口火を切った。

「うん」

平八郎は猪口を置いた。

「長次の調べによると、小紫こと、村上小夜も津藩のお侍の娘さんでしたよ」

「なに……」

平八郎は意表を突かれた。

吉原の遊女小紫は、島崎小次郎と同じ伊勢国津藩藤堂家の家臣の娘だった。

小紫が伊勢国の出だと知っていた平八郎は、己の迂闊《うかつ》さを密かに恥じた。

「長さん、間違いないのか」

「はい。巴屋の主吉兵衛が、小紫本人からそう聞いたと……」

長次は猪口を置いて答えた。

「ひょっとしたら小紫と島崎小次郎は、以前からの知り合いだったのかも知れませんよ」

「うん……」

島崎小次郎は、吉原を訪れて小紫こと村上小夜と再会し、その境遇に同情して身請けしたのかも知れない。

「それで吉兵衛が云うには、小紫は父親は無実の罪を着せられて切腹に追い込まれた。だからいつか恨みを晴らしたいと願っていたそうですぜ」

父親は無実の罪……。

仮にそれが事実なら、小紫の気持ちは良く理解できる。

「って事は、小紫は父親を陥れた者が誰か知っているのかな」

「おそらく……」

伊佐吉が頷いた。

「じゃあ島崎小次郎は、小紫の恨みを知って身請けしたのか」

「そいつはどうですかね」

「だったら……」

平八郎は眉を顰めた。

「小紫が、恨みを晴らすのに利用しようとしているのかも……」

「なにしろ吉原の遊女の手練手管ですからね。昨日今日、江戸に出て来たお侍なんか、ひとたまりもありゃあしませんぜ」

長次が苦く笑った。

「うん……」

島崎小次郎と小紫は、何をしようとしているのだろうか……。

平八郎は思いを巡らせた。


「そうか。島崎小次郎、吉原の遊女を身請けして押上村辺りに潜んでいるのか……」

大貫平左衛門の顔は、床に置いた手燭《てしょく》の灯りを下から受けて歪んで見えた。

「はい。明日また、矢吹さまと探す事になっております」

「うむ。ご苦労だった。下がってよいぞ」

「はっ。では……」

又八は平左衛門に一礼し、庭先から立ち去って行った。

大貫平左衛門は、濡縁に座ったまま深い溜息を洩らした。

手燭の炎が揺れて消えた。

下屋敷の長屋に戻った又八は、行燈を灯して押入れから漆塗りの懐剣を取り出した。

又八は懐剣を抜き、鈍く輝く刃を見詰めた。

事態は意外な進展を見せていた。だが、又八にとって決して悪い方向ではない。

明日こそ……。

又八は、懐剣の鈍く輝く刃に誓った。

寺の裏にある小さな家作は、夜の闇の静けさに包まれていた。

小次郎は既に寝息をたてていた。

小紫の裸身は、中途半端な火照りに包まれていた。

小次郎は己を満足させると、早々に眠りに就いた。

小紫は闇を見詰めていた。

毎日、何人の男に抱かれてきたか……。

遊女あがりの小紫には、小次郎の愛撫は物足りないものでしかなかった。だが、小紫は黙って抱かれ、なされるままに時を過ごした。

せめてもの罪滅ぼし……。

小紫は、自分の為に運命を変えた小次郎を密かに哀れんだ。

風が出てきたのか、木々の梢《こずえ》の揺れる音が鳴り始めた。


卯《う》の刻六つ。

津藩江戸下屋敷は表門を閉ざしていた。

平八郎は潜り戸を叩いた。

門番が顔を見せた。

「どなたかな」

「私は矢吹平八郎。大貫平左衛門どのに火急の用があって参った。早々に取り次いでいただきたい」

平八郎は書院に通された。

大貫平左衛門が、怪訝な面持ちで現れた。

「朝早く申し訳ありません」

「いえ、何事ですかな」

「島崎小次郎どのが、藩から持ち出した金で吉原の小紫と申す遊女を身請けして姿を消したのは、又八さんからお聞きしたと思いますが……」

「まったく以てお恥ずかしい限りにござる」

平左衛門は苦々しく吐き棄てた。

「それで、島崎どのが身請けした小紫なる遊女ですが」

「うむ……」

「元津藩藩士の娘でしてね」

「なに」

平左衛門は、眼を剝《む》いて絶句した。

朝の爽やかな微風が冷たく変わった。

「……大貫どの、津藩の国元に村上と申す切腹した藩士がいますね」

「おお、村上嘉門《かもん》か……」

平左衛門は事件を知っていた。

「村上嘉門どの、何故に腹を切ったのかご存じですか」

「村上どのは勘定方でしてな。江戸詰の私は詳しくは存ぜぬが。確か藩の金子《きんす》を横領したとか……」

「それが露見して、家はお取り潰しで切腹ですか」

「左様。矢吹どの、島崎が身請けした吉原の遊女、その村上どのの娘だと申されるか」

「はい」

「間違いありませんか」

平左衛門は念を押した。

「ありません」

平八郎は頷いた。

「そうですか……」

平左衛門は吐息を洩らした。

「大貫どの、村上どのの金子横領も間違いないのですか」

「えっ……」

「小紫は、父親の村上どのは無実なのに罪を着せられたと……」

「そう申しているのですか」

「はい。その辺のところは如何なのです」

「先ほども申したように、私は江戸詰、詳しい事は何も……」

平左衛門は首を捻《ひね》った。

「そうですか……」

「矢吹どの、此度の島崎の一件。村上どのの一件と関わりがあるのですかな」

「分かりません。分かりませんが、小紫はいつか必ず、切腹した父親の恨みを晴らすと云っていたそうです」

「恨みを晴らすとな……」

平左衛門は声を震わせた。

「はい。小紫は島崎小次郎が津藩の江戸詰藩士だと知っていた筈です。そして、身請けされた。何かすっきり腑《ふ》に落ちません」

「うむ。そう云われると……」

「大貫どの、村上嘉門の一件。詳しく調べてもらえませんか」

「分かった。調べてみよう」

「助かります」

庭先に足音が近付いて来た。

「矢吹どの」

平左衛門は声を潜めた。

「はい」

「この一件、決して誰にも洩らさずに」

「心得ております」

平八郎と平左衛門は、互いに言葉を途切らせた。

足音が止まり、又八の声がした。

「大貫さま、又八にございます」

「うむ。何用だ」

平左衛門が障子を開けた。

庭先に又八が控えていた。

「おう、又八さん」

「お早うございます。矢吹さまがお見えと伺いましたのでお迎えに……」

「そいつはすまないね。大貫どのにちょいと用があってな。じゃあ押上村に行きますか」

「はい。お供致します」

「では、大貫どの、これにて御免」

平八郎は立ち上がった。

横川に架かる業平橋の下では、土地の者たちが蜆《しじみ》を採っていた。蜆は〝業平蜆〟と呼ばれ、江戸でも知られていた。

平八郎と又八は、業平橋を渡って押上村に入った。押上村の田畑の緑は、風に大きく波打っていた。

平八郎は、大きく背伸びをして身体を捻り、四股《しこ》を踏んだ。

「矢吹さま、それは……」

又八は、怪訝な眼差しを向けた。

「うん。こうして剣術の稽古をする前に身体をほぐすんだ」

「成る程……」

又八は、平八郎の真似をして背伸びをし、四股を踏んだ。

「これはいい……」

又八は感心した。

「そうか。じゃあ、手分けして寺を当たるか」

「はい」

平八郎と又八は別れ、押上村に点在する寺に向かった。

った。

全性寺《ぜんしょう》、春慶寺《しゅんけい》……。

平八郎は寺を調べ歩いた。だが、島崎小次郎と小紫らしき女が潜んでいる寺はなかった。

この先に常連寺《じょうれん》がある。

平八郎は、畑の中の一本道を進んだ。

田舎道は日差しに白く輝き、青臭い草いきれが漂い始めた。

島崎小次郎と小紫は、既に押上村を出て江戸を離れたのかも知れない。だとしたら、平八郎は仕事に失敗した事になる。大貫平左衛門は勿論、紹介してくれた榊原右京にも合わせる顔はない。

平八郎は、不安と焦りを感じた。

白く輝く田舎道に人影が浮かんだ。

平八郎は眼を凝《こ》らした。

女……。

田舎道に浮かんだ人影は女だった。女は小さな風呂敷包みを抱え、足早にやって来た。

平八郎はゆっくりと進んだ。

俯き加減にやって来た女は、地味ながらも色気のある着物を着ていた。

平八郎は擦《す》れ違った。

刹那、白粉の匂いが平八郎の鼻をついた。

「小紫……」

平八郎は反射的に囁《ささや》いていた。

小紫は振り返り、顔色を変えた。

「小紫だね」

平八郎は念を押した。

小紫は我に返り、身を翻した。

平八郎は素早く動き、小紫の腕を押さえた。

「放して下さい」

小紫は、身を捩って抗《あらが》った。

女は小紫に間違いなかった。

平八郎は密かに安堵した。

「小紫、島崎小次郎どのは何処にいる」

「し、知りません。放して……」

小紫は尚も抗った。

「島崎どのは、この先の常連寺にいるのか」

平八郎は、小紫を問い詰めた。

「お前さまは津藩の方ですか」

小紫は恐ろしげに平八郎を見た。

「いや。私は只《ただ》の素浪人。津藩の方に頼まれ、島崎どのを探しているのだ」

「頼まれて……」

「そうだ」

「そうですか……」

小紫は息を抜き、抗いを止めた。

「島崎どのは常連寺にいるのだな」

「津藩は、小次郎さまをどうする気なのですか」

「私は、江戸屋敷に連れ戻してくれと頼まれただけだ」

「連れ戻された後、どうなるのですか」

小紫は、島崎小次郎がどう仕置されるのかを知りたがった。

四

田舎道を通る者はいなかった。

「島崎家と小次郎さまは、どんなお仕置をされるのですか」

小紫は、島崎小次郎の身を案じている。

平八郎の聞いている限りでは、島崎家は取り潰しで小次郎は切腹の仕置が下される筈だ。

小紫こと村上小夜の家と同様に……。

「私は只の素浪人だと云った筈だ。津藩の仕置など与《あずか》り知らぬ」

実家に続き、身請けしてくれた島崎小次郎まで……。

平八郎は小紫が哀れになり、正直に云う事が出来なかった。

「そんな……」

小紫は言葉を失い、小さな風呂敷包みを抱き締めてその場に座り込んだ。

「さあ、常連寺に行こう」

平八郎は小紫を促した。

「いやです……」

小紫は、座り込んだまま首を横に振った。

「小紫、島崎小次郎どのを助けたければ、江戸屋敷に自訴させるのだ。そうすれば罪は軽くなる」

平八郎は励ました。

「罪が軽くなる……」

小紫は平八郎を見詰めた。不安と驚きの混じった眼差しだった。

「うん。私も出来るだけ口添えしてみる。小次郎どのを自訴させるんだ」

小紫の顔に不安が湧いた。

「さあ、常連寺に行って小次郎どのを説得しよう」

平八郎は、それが小紫と小次郎の為になると信じた。

田舎道の奥に土埃があがった。

平八郎は眼を凝らした。

若い侍が土埃を舞い上げ、駆け寄って来るのが見えた。

「島崎小次郎……」

平八郎は呟いた。

小紫は、弾かれたように立ち上がった。

「小次郎さま」

若い侍は島崎小次郎だった。

「小紫……」

小次郎は、駆け寄りながら悲痛に叫んだ。

闘い、力ずくで捕らえるしかない……。

平八郎は、小次郎と闘う覚悟をした。

刹那、小紫が叫んだ。

「逃げて、小次郎さま。藩の追手です。逃げて下さい」

小紫は叫んだ。

小次郎は立ち止まった。

しまった……。

平八郎は小紫を残し、小次郎に向かって猛然と走った。

小次郎は身を翻し、田舎道を逃げた。

「逃げて……」

小紫は立ち尽くし、小次郎が無事に逃げ切るのを願った。

背後に人の気配がした。
小紫は振り返った。
又八が、土埃を蹴立てて駆け寄って来ていた。
小紫は又八を見てたじろぎ、激しく驚いた。
「小紫だな」
又八は小紫を見据え、飛び掛からんばかりの体勢で近付いた。
小紫は呆然《ぼうぜん》と立ち竦《すく》んだ。

島崎小次郎は逃げた。
平八郎は懸命に追跡した。
二人は土埃を巻き上げて走った。
やがて小次郎は、緑の畑に飛び込んだ。平八郎が続いた。
小次郎は畑を横切り、川に飛び込んで姿を消した。
逃げられた……。
平八郎は、息を荒く鳴らした。

小紫は逃げ去ったかも知れない……。

小次郎に続き小紫にも逃げられれば、手掛かりの何もかもを失う事になる。

平八郎は焦りを覚えながら、畑から田舎道に戻った。

小紫と又八の姿が、田舎道の向こうに見えた。

又八が小紫を押さえてくれた……。

平八郎は安堵し、二人に駆け寄った。

「矢吹さま……」

「又八さん、良く押さえてくれたな。助かったよ」

平八郎は小紫を示し、又八に礼を云った。

「いいえ。で、島崎さまは……」

「逃げられた」

平八郎は己を嘲笑《あざわら》った。

小紫は微かな笑みを浮かべた。

「そうですか……」

「又八さん。島崎どのは小紫の許に必ず現れる」

「はい」

「小紫、常連寺に行こう」

平八郎は、小紫を常連寺に連れて行き、小次郎の現れるのを待つ事にした。

小紫は先程とは違い、素直に従った。

田舎道を進み、林を曲がった処に常連寺はあった。

島崎と小紫は、その常連寺の裏にある家作を借りていた。

「常連寺とはどういう関わりなのだ」

「朋輩の玉菊ちゃんが教えてくれたんです」

「玉菊……」

平八郎は、吉原の妓楼『巴屋』の遊女・玉菊を思い出した。

「矢吹さま、私は周りを見てきます」

「うん。頼む」

又八は、島崎が先回りをしているのを恐れ、周囲を調べに行った。

平八郎は、小紫を連れて借家に入った。

狭い借家の中に家財道具はなく、蒲団と最低限の台所道具しかなかった。そして、島崎小次郎が戻って来た痕跡はない。

小紫は抱えていた風呂敷包みを置き、部屋の隅に座った。

「風呂敷包みには何が入っているんだ」

「着替えですよ」

小紫は投げやりに答えた。

「着替え……」

平八郎は眉を顰めた。

「何処に行くつもりだったんだ」

「えっ……」

小紫は小さく動揺した。

「着替えを持って何処に行くつもりだったんだ」

「別に……」

小紫は懸命に動揺を隠し、押し黙った。

平八郎と出逢った時、小紫は一人でいた。何故、小次郎は一緒ではなかったのだ。

平八郎に疑問が湧いた。

風が吹き抜けた。

まあ、いい……。

小次郎は小紫の許に必ず現れる。五十両もの金を横領して身請けした小紫を、このまま放って置く筈はない。

平八郎はそう読んでいた。

「矢吹さま……」

又八が入って来た。

「どうでした」

「島崎さまが潜んでいる様子はありませんでした」

「そうですか。島崎どのが現れるとしたらきっと夜でしょう」

「私もそう思います」

又八は、平八郎の睨みに頷いた。

「じゃあ、一休みしますか……」

平八郎と又八は、小紫と外を見通せる場所に潜んだ。

小紫は眼を瞑り、疲れ果てたように壁に寄り掛かっていた。乱れた髪が吹き抜ける風に揺れた。

時は静かに過ぎていった。

津藩江戸上屋敷は、下屋敷に近い神田佐久間町にあった。

江戸詰勘定奉行の大貫平左衛門は、国元で起きた村上嘉門の公金横領の一件を調べ、意外な事実を知った。

昔の村上の一件と島崎の件は、思いもよらぬ繋がりがあったのだ。

平左衛門は、それを平八郎に一刻も早く報せるべきだと思った。

平八郎と又八は、本所業平橋の奥の押上村にいる。

平左衛門は、押上村に行く決意をした。


津藩江戸上屋敷から大貫平左衛門が出て来た。

平左衛門は、緊張した面持ちで足早に御徒町通りを神田川に向かった。

何かあった……。

下っ引の長次の直感が囁いた。

伊佐吉の命令で津藩の内情を調べていた長次は、平左衛門の後を追った。

神田川に出た平左衛門は、和泉《いずみ》橋の船着場で猪牙《ちょき》舟を雇って隅田川に向かった。

長次は平左衛門の乗った猪牙舟を抜き、神田川沿いを新《あたら》シ橋に走った。そして、新シ橋の船着場に猪牙舟を探した。だが、猪牙舟は出払っていた。

平左衛門の乗った猪牙舟が、背後からやって来る。

先に隅田川に出られると見失ってしまう。

長次は焦り、次の船着場に走った。

柳橋の船宿が見えてきた。

長次は船宿に駆け込み、空いている猪牙舟があるかを尋ねた。


神田川は柳橋を過ぎ、両国で隅田川に合流している。

平左衛門を乗せた猪牙舟は、隅田川に出て流れを遡《さかのぼ》った。

長次は、船宿で雇った猪牙舟の船頭に教えた。船頭は威勢良く返事をし、平左衛門が乗った猪牙舟を追った。

「あの猪牙だ」

平左衛門の乗った猪牙舟は、浅草御蔵、御厩河岸、駒形堂を左手に見て竹町之渡を抜けた。そして、吾妻橋を潜って隅田川を横切り、源森《げんもり》川に入った。

行き先は業平橋……。

長次は、平左衛門の行き先を読んだ。

だとしたら、平左衛門は平八郎に逢いに行こうとしているのかも知れない。

平左衛門の乗った猪牙舟は、読みの通り横川に入り、業平橋の船着場についた。

平左衛門は猪牙舟を降り、土手道に佇んで辺りを不安げに見廻した。そこには武家の下屋敷と百姓地が広がっているだけだった。

長次は平左衛門を見守った。

業平橋まで来てみたが、平八郎と又八が何処にいるかは分からない。

とにかく押上村に行くしかない。だが、その押上村が、どちらなのかも分からないのだ。

平左衛門は己の迂闊《うかつ》さを恥じた。

「旦那、どうしました」

長次は平左衛門に声を掛けた。

平左衛門は、胡散臭げな眼を長次に向けた。

「こりゃあ、津藩の大貫さまじゃあございませんか」

「なに」

平左衛門は警戒心を露《あら》わにした。

「あっしは長次と申しまして、矢吹の旦那にお世話になっている者です」

「な、なんと矢吹どのと知り合いか」

平左衛門は驚いた。

「はい」

長次は、初めて逢う平左衛門を言葉巧みに信じ込ませた。

「そうか、そりゃあ良かった。長次と申したな」

「はい」

「押上村はどっちだ」

「ご案内しますよ。さあ」

「うむ。助かった」

長次は、平左衛門を押上村に案内した。


押上村の田畑は、午後の日差しを受けて緑色に輝いていた。

「この辺りが押上村にございます」

「そうか……」

平左衛門は眩《まぶ》しげに眺めた。

緑の田畑に寺と百姓家が点在していた。

「大貫さま、矢吹の旦那は押上村の何処にいるんですかい」

長次は尋ねた。

「長次、そいつが分からんのだ」

「分からない」

「うむ。意外な事が分かってな。矢吹どのに急ぎ報せなければと思い、とりあえず来てしまったのだ」

平左衛門は身を縮《ちぢ》めて恥じた。

長次は、込み上げる笑いを堪えた。

「どうする長次……」

平左衛門は困り果てていた。

「じゃあ大貫さま、あっしが一っ走り調べて来ます。あそこの神社で待っていて下さい」

長次は近くに見える小さな神社を示した。

「心得た。宜しく頼む」

「お任せを。じゃあ御免なすって」

長次は平左衛門を残し、田舎道を急いだ。

平左衛門は吐息を洩らし、小さな神社に向かった。

長次は、点在する百姓家と寺に聞き込んで歩いた。

平八郎らしき浪人が、若い武士と女を探していたのが分かった。

平八郎の旦那が、この辺りにいるのに間違いはない……。

長次は聞き込みを続けながら、押上村の奥に進んだ。そして、長く真っ直ぐ続く田舎道に出た。

行く手に若い侍の後ろ姿が見えた。

若い侍は裸足であり、着物は激しく乱れていた。

まさか……。

平八郎の旦那が探している島崎小次郎かも知れない。

長次は緊張し、若い侍を追った。

小次郎は常連寺の境内《けいだい》に入り、裏手に廻った。そして、植込みの陰に身を潜ませ、小さな家作を窺った。

家作は雨戸を開け放し、ひっそりと静まり返っていた。

長次は小次郎の様子を窺った。

ひょっとしたら平八郎の旦那は、この家にいるのかも知れない……。

長次は家作の裏に廻り、勝手口から台所に忍び込んだ。

刹那、長次は腕を取られ床に押し倒された。

「何者だ」

又八が長次の腕を捩じ上げ、厳しく誰何《すいか》した。

「へ、平八郎の旦那、いらっしゃいますか」

長次は激痛に顔を歪め、掠《かす》れる声で尋ねた。

「矢吹さまだと……」

又八は、怪訝に長次を見詰めた。

「おう。長さんじゃあないか、どうした」

居間から平八郎が出て来た。

「平八郎の旦那……」

「又八さん、この人は長次さんといってな。俺の知り合いだ」

「そうでしたか……」

又八は長次を放した。

激痛から解放された長次は、腕を擦りながら大きく息をついた。

小紫らしい女の姿が居間の隅に見えた。

「すみません」

又八は長次に詫《わ》びた。

「いいえ。仕方がありませんや」

長次は苦笑した。

「又八さん、小紫を頼みます」

平八郎は、小紫の見張りを又八に頼んだ。

又八は返事をし、小紫を監視出来る処に行った。

「どうしたんだ。長さん」

「はい。津藩の大貫さまが、急ぎお報せしたい事があると」

「大貫どのが来ているのか」

「はい。押上村の入口にある神社でお待ちです」

「そうか……」

「それから、妙な若い侍が庭先から窺っていますよ」

「なに……」

平八郎の顔に緊張が浮かんだ。

「お探しの島崎小次郎じゃありませんか」

「きっとな……」

平八郎と長次は、勝手口を出て庭先に廻った。だが、庭先の植込みの陰に小次郎は既にいなかった。

おそらく小次郎は、家の中に平八郎が潜んでいるのに気付き、姿を隠したのに違いない。

「どうしました」

縁側に又八が出て来た。

「うん。大貫どのが来ているそうだ」

「大貫さまが……」

「よし。小紫を連れて大貫どのの処に行こう」

「はい」

又八は頷き、小紫の許に行った。

「長さん、俺と又八さんは小紫を連れて行く。おそらく島崎小次郎が現れ、俺たちを追うだろう」

「そいつを尾行《つけ》ますか」

長次は平八郎の狙いを読んだ。

「うん。頼む」

平八郎は笑みを浮かべた。


陽は西に傾き始めた。

平八郎と又八は小紫を伴い、長い田舎道を神社に向かった。

小紫は風呂敷包みを抱え、抗いもせず黙って従った。

三人は正面から日差しを浴び、影を背後に伸ばして進んだ。

長次は、三人の姿が見える位置を保って続いた。

やがて、三人が通り過ぎた畑から小次郎が出て来た。

現れやがった……。

道は長い一本道だ。振り返られれば尾行は露見する。かといって離れ過ぎては、万が一の時に役に立たない。

長次は畑に降り、畦道《あぜみち》伝いに尾行を続けた。

小さな神社は古く、幟旗《のぼり》は風に千切れていた。

平八郎と又八は、小紫を連れて狭い境内に入った。

古い小さな神社の階《きざはし》に、大貫平左衛門がぼんやりと腰掛けていた。

「大貫どの」

「おお、矢吹どの、又八……」

平左衛門は階を降り、小紫を鋭く一瞥した。

「その方が、小次郎が身請けした小紫か」

小紫は微かに怯み、頷いた。

「矢吹どの、して小次郎は……」

「尾行て来ている筈です」

平左衛門を始め、小紫と又八が驚いたように神社の入口を見た。だが、小次郎の姿は見えなかった。

「それより大貫どの、急ぎ報せたい事とは、何ですか」

「うむ。小紫こと村上小夜の父親嘉門の藩の金を横領した一件だが……」

平左衛門は苦しげに顔を歪《ゆが》めた。

「違います。父は藩のお金を横領などしておりません。父は無実です」

小紫は激しく云い募った。

「大貫どの」

平八郎は小紫を無視し、平左衛門に話の先を促した。

「村上嘉門が無実かどうかは、今となっては分からぬが。その当時、上役に罪を被せられたとの噂があったそうだ」

「上役に……」

「うむ。その上役とは、勘定方組頭の島崎総十郎《そうじゆうろう》……」

平左衛門は顔を歪めて告げた。

「島崎……」

平八郎は息を飲んだ。

「左様、島崎小次郎の父親だ」

島崎小次郎の父親と小紫の父親……。

小紫の家である村上家は父親の代に取り潰され、島崎家は息子の小次郎の時に取り潰しになるのだ。

平八郎は、絡み合う因縁の背後に秘められた企みに気付いた。

「小紫、小次郎がそなたの父親に罪を被せたと噂された島崎総十郎の倅だと知っていたな」

平八郎は小紫を見詰めた。

「もし、知っていたとしたらどうします」

小紫は臆《おく》せず、平八郎を見詰め返した。そこには、自分を棄《す》てる覚悟が秘められていた。

「村上家の恨みを晴らす為、小次郎に藩の金を持ち出させ、島崎家を取り潰しに追い込んだ。そうだな」

平八郎は、小紫の企てを冷静に読んでみせた。

小紫は、微かな笑みを浮かべた。

「な、ならばその方。島崎家を取り潰しに追い込む為、小次郎を誑《たぶら》かしたのか」

平左衛門の声は震えた。

「誑かしたなんてありんせん。あちきは吉原の遊女。手練手管を使っただけでありんす」

小紫は廓言葉を使い、妖艶に笑った。

凄絶な美しさだった。

小次郎は、小紫の正体を知らずに惚《ほ》れ、身請けの為に藩の金を持ち出した。

如何に小紫こと村上小夜の罠《わな》だったとしても、小次郎の公金横領は覆《くつがえ》しようのない事実なのだ。津藩は既に藩主の下、島崎家の取り潰しと小次郎の切腹を決定している。


小紫こと村上小夜の復讐は、見事に成就したのだ。

静寂が訪れ、木々の梢が音もなく揺れて木洩れ日が降り注いだ。

「平八郎の旦那……」

長次の厳しい声が、静寂を破った。

小次郎が境内に現れた。

平八郎は、素早く小紫を押さえた。

「島崎」

平左衛門が叫んだ。

「おのれ、小紫……」

小次郎は神社の外で何もかも聞き、己の愚かさに愕然《がくぜん》とし、呪《のろ》った。

長次が境内に現れ、十手を構えて小次郎の背後を固めた。

小次郎は刀を振りかざし、絶望的な叫び声をあげて小紫に突進した。

次の瞬間、又八が地を蹴った。

「待て」

平八郎は止めた。だが、又八は小次郎と交錯した。

小次郎は、刀を手にしたまま呆然と立ち竦んだ。

交錯した又八の手には、血に染まった懐剣が握られていた。

平八郎と長次、そして平左衛門と小紫は、言葉もなく凍《い》てついた。

小次郎の首の血脈から血が噴き出した。

又八が小次郎の攻撃を躱《かわ》し、首の血脈を懐剣で断ち斬ったのだ。

直心影流の見事な腕だった。

「こ、小紫……」

小次郎は虚ろな眼差しで呟き、涙を零して崩れるように倒れた。

平八郎と長次は、小次郎に駆け寄って生死を確かめた。

「旦那……」

「うん……」

島崎小次郎は絶命していた。

「矢吹どの、島崎は……」

平左衛門が震えた声で尋ねた。

平八郎は首を横に振り、立ち上がった。

小紫は、何の感情も窺わせない眼で小次郎の死体を見下ろしていた。

又八は、懐剣に拭《ぬぐ》いを掛けていた。

「何故、殺した」

平八郎は又八に近付いた。

「はあ……」

又八は、訝《いぶか》しげに平八郎を見た。その眼は、小次郎が斬り掛かって来たので応戦したまでだと云っていた。

「又八さんの腕なら、殺さずに手傷を負わせて捕らえられた筈だ。それなのに……」

「矢吹さま、私は未熟者にございます」

又八は慇懃《いんぎん》に腰を屈《かが》めた。

「矢吹どの、もう良い」

平左衛門は始末を急いだ。

「又八、島崎の死体を下屋敷に運べ」

「心得ました」

平左衛門は、疲れ果てた足取りで境内を出て行った。津藩にとって島崎小次郎の公金横領事件は、その死を以て終わったのだ。

又八は、近くの百姓家に大八車を借りに走った。

「じゃあ、私も行かせていただきますよ」

最早、小紫は誰に憚《はばか》ることなく自由の身だった。如何に横領した金でも、小紫は立派に身請けされたのだ。

そして、島崎小次郎の横領や死に対しても、何の罪も責めもない。すべては、小次郎自身の意思でした事なのだ。

小紫は艶っぽく微笑み、平八郎に会釈をして境内を立ち去った。

長次が囁いた。

「旦那……」

「うん……」

長次は、小紫を追って境内を出て行った。

平八郎は、又八が大八車を借りて来るのを待った。

小次郎の髷は無様に崩れ、川の水に濡れて乾いた着物はだらしなく乱れ、血にまみれていた。そして、草履を失った足は泥に汚れて無残だった。

陽は西に大きく傾き、平八郎と小次郎の死体を神社の影が暗く覆っていった。

居酒屋『花や』は常連客で賑わっていた。

平八郎は手酌で酒を飲んでいた。

あれから平八郎は、島崎の死体を運ぶ又八と下谷七軒町三味線堀で別れ、居酒屋『花や』に来た。

給金は探索の掛かりとして渡された金の残りで充分過ぎた。

「どうしたの……」

女将のおりんが、新しい銚子を持って来た。

「うん。なんだかすっきりしない仕事でな」

「いいじゃあないの。仕事が無事に終わってお給金をいただけたなら」

おりんは屈託なく笑い、板場に入って行った。

平八郎は腑に落ちなかった、
又八ほどの手練が何故、首の血脈を断ち斬ったのだ。刀を握る腕を斬って捕らえるのは容易な筈だ。

平八郎は酒を飲んだ。酒は飲むほどに苦く感じた。

何故だ……。

平八郎は思いを巡らした。

まさか……。

平八郎はある事に気付いた。

小紫の実家である村上家は、母親が病死して弟は行方知れずになり、一家は離散している。

行方知れずの弟……。

平八郎は、小紫こと村上小夜の弟を思い浮かべてみた。だが、見たこともない弟の顔は、おぼろげにしか浮かばなかった。

「平八郎の旦那……」

眼の前に長次が座った。

「おう。長さん、小紫はどうした」

「常連寺の家作に戻りましたよ」

「あそこに……」

意外な行動だった。

「それで暫く見張っていたんですがね。とんでもない人が来ましたよ」

「誰だ」

「又八さんですよ」

「又八……」

平八郎は手にしていた猪口を置いた。

「ええ。又八さん、小紫の弟でしたよ」

行方知れずの弟のおぼろげな顔が、ようやくはっきりとした。

「そうだったのか……」

平八郎は、又八が小次郎を捕らえずに殺した理由を知った。

今度の一件が、小紫一人の企てなのか、それとも又八と共謀しての事なのかは分からない。だが、平八郎が見たところ、又八の小次郎と小紫追跡に嘘は感じられなかった。

又八は己自身で島崎家に復讐を企てて津藩の中間となり、小次郎に近付いたのかも知れない。そして、小次郎が身請けした遊女・小紫が、姉の小夜だと知ったのだ。

平八郎はそう確信した。

「それで小紫と又八さん、明日早立ちをして江戸を出るつもりですが、どうします」

「咎人じゃあない限り、止める理由はないでしょう」

「仰る通りで……」

長次は屈託なく笑った。笑いには、もう放って置くべきだとの想いが含まれていた。

平八郎は頷いた。

「こうなりゃあ飲むしかあるまい。長さん、いろいろ世話になりました。さあ、飲んで下さい」

平八郎は、長次に猪口を渡し酒を満たした。

「いただきます」

長次は酒を飲んだ。

「おりん、酒と湯呑を二つ。それから肴を見繕って持って来てくれ」

平八郎は板場に叫んだ。

今夜は酒を飲むしかない。

探索の掛かりとして貰った金の残りを飲み尽くしてやる……。

平八郎は決めた。

小紫と又八が、何処に行くかは知らない。

だが、何処に行って何をしようが、平八郎には関わりのない事なのだ。

それでいいのだ……。

平八郎は己にそう言い聞かせ、長次を相手に酒を飲んだ。
酒はいつの間にか美味くなっていた。

にせ契り

一〇〇字書評

切・り・取・り・線

購買動機（新聞、雑誌名を記入するか、あるいは○をつけてください）

□（　　　　）の広告を見て	
□（　　　　）の書評を見て	
□ 知人のすすめで	□ タイトルに惹かれて
□ カバーが良かったから	□ 内容が面白そうだから
□ 好きな作家だから	□ 好きな分野の本だから

・最近、最も感銘を受けた作品名をお書き下さい

・あなたのお好きな作家名をお書き下さい

・その他、ご要望がありましたらお書き下さい

住所	〒				
氏名		職業		年齢	
Eメール	※携帯には配信できません	新刊情報等のメール配信を 希望する・しない			

この本の感想を、編集部までお寄せいただけたらありがたく存じます。今後の企画の参考にさせていただきます。Eメールでも結構です。

いただいた「一〇〇字書評」は、新聞・雑誌等に紹介させていただくことがあります。その場合はお礼として特製図書カードを差し上げます。

前ページの原稿用紙に書評をお書きの上、切り取り、左記までお送り下さい。宛先の住所は不要です。

なお、ご記入いただいたお名前、ご住所等は、書評紹介の事前了解、謝礼のお届けのためだけに利用し、そのほかの目的のために利用することはありません。

〒一〇一 - 八七〇一
祥伝社文庫編集長 坂口芳和
電話 〇三（三二六五）二〇八〇

祥伝社ホームページの「ブックレビュー」からも、書き込めます。
http://www.shodensha.co.jp/bookreview/

祥伝社文庫

にせ契《ちぎ》り　素浪人稼業《すろうにんかぎょう》

平成19年12月30日　初版第1刷発行
平成23年 7 月10日　第4刷発行

著　者　藤井邦夫《ふじいくにお》
発行者　竹内和芳
発行所　祥伝社《しょうでんしゃ》
東京都千代田区神田神保町3-3
〒101-8701
電話　03（3265）2081（販売部）
電話　03（3265）2080（編集部）
電話　03（3265）3622（業務部）
http://www.shodensha.co.jp/

印刷所　萩原印刷
製本所　関川製本

Printed in Japan ©2007, Kunio Fujii　ISBN978-4-396-33402-4 C0193

祥伝社文庫の好評既刊

藤井邦夫 **素浪人稼業**

神道無念流の日雇い萬稼業・矢吹平八郎。ある日お供を引き受けたご隠居が、浪人風の男に襲われたが…。

藤井邦夫 **逃れ者** 素浪人稼業③

長屋に暮らし、日雇い仕事で食いつなぐ、萬稼業の素浪人・矢吹平八郎。貧しさに負けず義を貫く!

藤井邦夫 **蔵法師** 素浪人稼業④

平八郎と娘との間に生まれる絆。それが無残にも破られたとき、平八郎が立つ!

藤井邦夫 **命懸《いのちが》け** 素浪人稼業⑤

届け物をするだけで一分の給金。金に釣られて引き受けた平八郎は襲撃を受け…。絶好調の第五弾!

藤井邦夫 **破れ傘** 素浪人稼業⑥

頼まれた仕事は、母親と赤ん坊の家族になること? だが、その母子の命を狙う何者かが現われ……。充実の第六弾!

井川香四郎 **秘する花** 刀剣目利き 神楽坂咲花堂①

神楽坂の三日月での女の死。刀剣鑑定師・上条《かみじょう》綸太郎は女の死に疑念を抱く。綸太郎の鋭い目が真贋を見抜く!

祥伝社文庫の好評既刊

井川香四郎　御赦免花《ごしゃめんばな》　刀剣目利き　神楽坂咲花堂②

神楽坂咲花堂に盗賊が入った。同夜、豪商も襲い主人や手代ら八名を惨殺。同一犯なのか？　綸太郎は違和感を…。

井川香四郎　百鬼の涙　刀剣目利き　神楽坂咲花堂③

大店の子が神隠しに遭う事件が続出するなか、妖怪図を飾ると子供が帰ってくるという噂が。いったいなぜ？

井川香四郎　未練坂　刀剣目利き　神楽坂咲花堂④

剣を極めた老武士の奇妙な行動。上条綸太郎は、その行動に十五年前の悲劇の真相が隠されているのを知る。

井川香四郎　恋芽《めぶ》吹き　刀剣目利き　神楽坂咲花堂⑤

咲花堂に持ち込まれた童女の絵。元の持主を探す綸太郎を尾行する浪人の影。やがてその侍が殺されて…。

井川香四郎　あわせ鏡　刀剣目利き　神楽坂咲花堂⑥

出会い頭に女とぶつかり、瀬戸黒の名器を割ってしまった咲花堂の番頭峰吉。それから不思議な因縁が…。

井川香四郎　千年の桜　刀剣目利き　神楽坂咲花堂⑦

笛の音に導かれて咲花堂を訪れた娘はある若者と出会った…。人の世のはかなさと宿縁を描く上条綸太郎事件帖。

祥伝社文庫の好評既刊

井川香四郎
閻魔の刀 刀剣目利き 神楽坂咲花堂⑧

「法で裁けぬ者は閻魔が裁く」閻魔裁きの正体、そして綸太郎に突きつけられる血の因縁とは？

井川香四郎
写し絵 刀剣目利き 神楽坂咲花堂⑨

名品の壺に、なぜ偽の鑑定書が？ 上条綸太郎は、事件の裏に香取藩の重大な機密が隠されていることを見抜く！

井川香四郎
鬼神の一刀 刀剣目利き 神楽坂咲花堂⑩

辻斬りの得物は上条家三種の神器の一つ、〝宝刀・小烏丸〟では？ 綸太郎と老中の攻防の行方は…。

井川香四郎
鬼縛り 天下泰平かぶき旅

その名は天下泰平。財宝の絵図を片手に東海道を西へ。お宝探しに人助け、波瀾万丈の道中やいかに？

黒崎裕一郎
必殺闇同心《ひっさつやみどうしん》

人気TVドラマ「必殺仕事人」を手がけた著者が贈る痛快無比の時代活劇！「闇の殺し人」が悪を断つ！

黒崎裕一郎
必殺闇同心 人身御供

「闇の殺し人」直次郎が幕閣と豪商の悪を暴く、痛快無比の時代活劇、待望の第二弾！

祥伝社文庫の好評既刊

坂岡　真
恨み骨髄
のうらく侍御用箱③

幕府の御用金をめぐる壮大な陰謀が判明。人呼んで〝のうらく侍〟桃之進が金の亡者たちに立ち向かう！

千野隆司
首斬り浅右衛門人情控

科人たちが死の間際に語る真実とは？人の哀しき業を知り抜く首斬り役・山田浅右衛門吉利が弔いの剣を振るう！

千野隆司
莫連娘《ばくれんむすめ》
首斬り浅右衛門人情控

派手な身形で男から銭を巻き上げる莫連娘たち。吉利は戸惑いながらも彼女らの手を借りることに。

千野隆司
安政くだ狐
首斬り浅右衛門人情控

異国渡りの病〝コロリ〟が江戸に蔓延。死が日常となった市中で山田浅右衛門が探索に乗り出す！

藤原緋沙子
恋椿
橋廻り同心・平七郎控①

橋上に芽生える愛、終わる命…橋廻り同心平七郎と瓦版女主人おこうの人情味溢れる江戸橋づくし物語。

藤原緋沙子
火の華《はな》
橋廻り同心・平七郎控②

江戸の橋を預かる橋廻り同心・平七郎が、剣と人情をもって悪を裁くさまを、繊細な筆致で描くシリーズ第二弾。

祥伝社文庫の好評既刊

藤原緋沙子
雪舞い 橋廻り同心・平七郎控③
雲母橋《きらず》・千鳥橋《ちどり》・思案橋《しあん》・今戸橋《いまど》。橋廻り同心・平七郎の人情裁きが冴えわたる好評シリーズ第三弾。

藤原緋沙子
夕立ち《ゆだち》 橋廻り同心・平七郎控④
人生模様が交差する江戸の橋を預かる、北町奉行所橋廻り同心・平七郎の人情裁き。好評シリーズ第四弾。

藤原緋沙子
冬萌え 橋廻り同心・平七郎控⑤
泥棒捕縛に手柄の娘の秘密。高利貸しの優しい顔——橋の上での人生の悲喜こもごも。人気シリーズ第五弾。

藤原緋沙子
夢の浮き橋 橋廻り同心・平七郎控⑥
永代橋の崩落で両親を失い、深い傷を負ったお幸を癒《いや》した与七《よしち》に盗賊の疑いが——橋廻り同心第六弾！

藤原緋沙子
蚊遣り火《かやりび》 橋廻り同心・平七郎控⑦
江戸の夏の風物詩——蚊遣り火を焚く女の姿を見つめる若い男…橋廻り同心平七郎の人情裁きやいかに。

藤原緋沙子
梅灯り 橋廻り同心・平七郎控⑧
生き別れた母を探し求める少年僧に危機が！　平七郎の人情裁きや、いかに！

祥伝社文庫の好評既刊

藤原緋沙子　麦湯の女　橋廻り同心・平七郎控⑨

奉行所が追う浪人は、その娘と接触するはずだった。自らを犠牲にしてまで浪人を救う娘に平七郎は…。

吉田雄亮　深川鞘番所

江戸の無法地帯深川に凄い与力がやって来た！　弱者と正義の味方――大滝錬蔵が悪を斬る！

吉田雄亮　恋慕舟《れんぼぶね》　深川鞘番所②

巷を騒がす盗賊夜鴉とは……。芽生える恋、冴え渡る剣！　鉄心夢想流が悪を絶つシリーズ第二弾。

吉田雄亮　紅燈川《こうとうがわ》　深川鞘番所③

深川の掟を破る凶賊現わる！　蛇の道は蛇。大滝錬蔵のとった手は……。〝霞十文字〟が唸るシリーズ第三弾！

吉田雄亮　化粧堀《けわいぼり》　深川鞘番所④

悪の巣窟・深川を震撼させる旗本一党の悪逆非道を断て!!　与力・大滝錬蔵が大活躍！

吉田雄亮　浮寝岸《うきねぎし》　深川鞘番所⑤

悪の巣窟、深川で水面下で何かが進行している!?　鞘番所壊滅を図る一味との壮絶な闘いが始まる。